エミリー・ヘンリー/著
西山 詩音/訳

●●

あなたとわたしの夏の旅（下）

People We Meet on Vacation

扶桑社ロマンス

1675

あなたとわたしの夏の旅（下）

登場人物

ポピー・ライト	『レスト+リラクゼーション』編集者
アレックス・ニルセン	高校の英語教師
スワプナ・バクシ=ハイスミス	『レスト+リラクゼーション』編集長
レイチェル・クローン	ポピーの親友。 ライフスタイル・ブロガー
ジミー・ライト	ポピーの父
ワンダ・ライト	ポピーの母
プリンス・ライト	ポピーの兄
パーカー・ライト	ポピーの兄
デイヴィッド・ニルセン	アレックスの弟
サラ・トーヴァル	アレックスの元恋人

18

今年の夏

「アレックス！」わたしは彼のティンダーの自己紹介(バイオ)を見て悲鳴をあげた。

「何？　どうしたの？」彼が言う。「いくらなんでも、一瞬でこれを全部読むなんてあり得ない！」

「うーん、まず最初に」わたしはふたりのあいだでアレックスの携帯電話を振りまわした。「そもそもそれが問題だとは思わないの？　あなたのバイオ、履歴書につける送付状みたい。ティンダーのバイオをこれほど長くできることすら知らなかった！文字数制限みたいなのってないの？　こんな長文、誰も読むはずがない」

「もし相手が、本当にぼくに興味を持ったら読むさ」彼はわたしの手から携帯電話をもぎ取った。

「もし相手が、あなたの臓器に興味を持ってたら、きっと一番下まで流し読みして、血液型が書かれていないか確かめたかもしれない。もしかしてそれも書いてる?」

「まさか」アレックスは傷ついたように言ってからつけ加えた。「ただ身長、体重、BMI、社会保障番号は書いたよ。せめてそれくらいは書いておいたほうがいいだろう?」

「あのね、まだそういうことを話しあう段階じゃないわ」わたしはアレックスの手からまた携帯電話を奪い返すと、彼のほうへ画面を傾けてプロフィール写真を拡大した。「まず、これについて話しあわないと」

アレックスが眉根を寄せる。「その写真、気に入ってるんだ」

「アレックス……」わたしは冷静な声で続けた。「この写真には四人写ってる」

「だから?」

「だから、そこにまず最大の問題があると言っているの」

「ぼくに友だちがいることが問題? むしろいいことだと思うけど」

「ああ、あなたって本当に赤ちゃんみたいに純粋ね。今さっき、この地球に生まれたばかりみたい」優しくささやくように言う。

「女性だって友だちのいない男となんてデートしたいと思わないだろう?」アレックスがそっけなく答える。こちらの話を信じられない様子だ。

「そのとおりよ。ただ女性たちは、マッチングアプリでロシアンルーレットはしたくないだけ。だって、どうやったらこのなかのどれがあなただとわかるの？　左側にいるこの男性にいたっては、どう見ても八十歳よ」

「生物学の先生なんだ」アレックスはさらに眉根を寄せた。「ひとりで写ってる写真って本当にないんだよ」

「わたしに悲しげな子犬顔の自撮り写真を送ってくれるじゃない」

「あれは別だ。あれはきみのために撮ってるから……あのうちの一枚を使うべきだと思う？」

「まさか、絶対にだめ。でも、あの顔をしていない写真を新しく撮ることはできるはず。それか、この写真に写っているお年寄りの生物学の先生たちを切り取ることも。そうすれば写っているのはあなただけになる」

「この写真のぼく、変な顔しているよね。いつだって写真を撮ると変な顔になっちゃうんだ」

思わず笑ったが、たまらなく愛おしくなり、みぞおちのあたりがほんわかとあたたかくなった。「あなたの顔は動画向きなの。写真向きじゃない」

「どういう意味？」

「あなたは本当はとびきりハンサムだって意味。動く表情をそのまま撮影すれば美しいけれど、ミリ秒単位で切り取ってとらえると……そうね、ときどき変な顔をしている」

「ってことはつまり、ティンダーは削除して、携帯電話を海に投げ捨てろってことか」

「待って！」わたしはベッドから飛びだし、部屋の隅に置いてあった自分の携帯電話をつかむと、ベッドに戻ってアレックスの隣に座り、ふたたび両脚を折って座った。

「いち推しの写真がある」

アレックスは疑わしげな顔で、わたしが写真を次々とスクロールするのを見つめている。探しているのは、トスカーナ旅行のときのショットだ。あのクロアチアのひとつ前に行った場所だ。その写真を撮る直前、ふたりで宿の中庭に座って遅いディナーを食べていたところ、突然アレックスが無言で席を立った。トイレに行ったのだと思っていたが、デザートを取りに部屋のなかへ入ると、アレックスはキッチンにいた。昼を噛みながら、自分の携帯電話でメールを読んでいた。

何か心配なことが起きた様子で、わたしがなかへ入ってきて、彼の名前を呼んだことにもまったく気づいていないようだ。あげた顔に浮かんでいたのは弛緩した表情だった。

「何かあった？」わたしが最初に思い浮かべたのは〝ベティおばあちゃん！〟だった。彼女はもうかなりの高齢だ。わたしが知る限り、ベティはずっと高齢だったが、最後にアレックスと一緒に彼女の自宅を訪ねたときは、編み物をしている椅子からほとんど立ちあがれない状態だった。それ以前のベティはとにかく活発に動きまわる人だった。わたしたちのためにいそいそとキッチンまでレモネードを取りに行ったり、わたしたちが腰をおろす前にソファに駆け寄ってクッションのほこりを払ったりしてくれていたのだ。

でも、その心配を口にする暇はなかった。アレックスが口元にゆっくりと、これまで抑えていた小さな笑みを浮かべたからだ。

「ティン・ハウスから。ぼくの小説を一編、出版してくれるんだって」

そう言ったあと、アレックスは驚いたような笑い声をあげた。思わず両腕を広げて抱きつくと、彼はわたしの体を引き寄せ、ぎゅっと抱きしめてくれた。何も考えないまま、気づくとアレックスの頰にキスしていた。わたしにはごく自然な行為でも、アレックスにとっては全然そうではないはずなのに、彼はそんなそぶりも見せず、わたしの体を半回転させると、にんまりしながら着地させ、ふたたび携帯電話を見つめ始めた。アレックスは自分の感情を隠すことを完全に忘れている。今感じている気持ちを顔いっぱいに表している。わたしはポケットから自分の携帯電話を取りだすと、カメラモードにして呼びかけた。「アレックス」

彼が顔をあげた瞬間をパチリとおさめる。それがわたしのお気に入りのアレックス・ニルセンの写真になった。

写真から伝わってくるのはまったき幸せだ。これぞ〝裸のアレックス〟だ。

「ほら、これ」わたしはアレックスにそのときの写真を見せた。トスカーナのあたたかみのある黄金色をしたキッチンに立っている彼の写真。髪はいつものように突っ立っていて、片手でゆったりと自分の携帯電話を持っている。目はしっかりとカメラに向けられ、口が半開きのまま笑みを浮かべている。

「この写真を使うべきよ」

アレックスは画面に表示された写真から、わたしに視線を移した。ふたりの顔がかつてないほど近づいている。彼はわたしを見おろすように顔を近づけ、口元にわずかな笑みを浮かべた。「すっかり忘れてた」

「わたしのお気に入りの写真なの」しばらく、ふたりとも微動だにしなかった。何も話さないままこれほど近くにお互いがいるこの瞬間を、少しでも長く感じていたい。

「送っておくね」わたしは弱々しい声で言うと視線をそらし、ふたりのテキストスレッドを表示させると写真をそのなかにドロップした。

膝上に置いたアレックスの携帯電話がかすかな音をたてた。今送った写真だろう。彼は携帯電話を手に取り、半分咳きこみながらにやりとした。「ありがとう」

「さて、お次は……バイオね」

「印刷して、赤ペンを探してきたほうがいい？」彼が冗談を言う。

「そんなことしちゃだめ。この地球は死にかけてるのよ。一枚でも紙を無駄にする気はない」

「あはは。でもぼくは、やるからには徹底的にやりたいんだ」

「ドストエフスキーみたいに徹底的にね」

「それが悪いことみたいな言い方だね」

「しいっ。今読んでるんだから」

すでにアレックスのことをよく知っているわたしには、彼が記したティンダーのバイオがことのほかチャーミングに感じられた。彼のおじいちゃんっぽい、愛らしい側面が強調されている。でも、もしわたしが彼をまったく知らず、友だちの誰かにこのバイオを読み聞かせられたら、〝この男は連続殺人犯かもしれない〟とその友だちに言っただろう。

一方的すぎる感想だろうか？　そうかもしれない。

でも公正な見方を心がけたとしても、何も変わらない。アレックスのバイオは学歴から始まっていた。どこの学校に通い、いつ卒業したか、特にそこで何を学んだかが詳しく記されている。次に職歴。最近やった二、三の仕事を挙げ、その仕事において自分がどんな強みを発揮したかを披露していた。最後に、自分の夢は結婚して子どもを持つことであり、今は〝（自分の）三人の弟たちとその伴侶、子どもたちと仲よく〟していて、〝才能ある高校生を教える教師という仕事を楽しんで〟いると締めくくっていた。

わたしは顔をしかめていたに違いない。その証拠に、アレックスがため息をついてこう尋ねた。「本当に、そんなにひどい？」

「いや？」わたしは答えた。

「それって質問返し？」

「ううん！　つまり、そんなにひどいわけじゃない。ある意味、キュートよ。でもね、アレックス、すでにこれを読んだ女の子とデートしたとき、あなたは彼女に何を話すつもり？」

彼は肩をすくめた。「さあ、わからない。きっと、その子自身に関して質問するだけだと思う」

「なんだか就職試験の面接みたい。ティンダーで知りあった相手から、あなた自身に関して質問されることがめったになくて、ひとつ質問されただけでも万々歳なのに、あなたのほうからはあなた自身に関して全然話せないなんて」

アレックスは生えぎわを指でごしごしこすった。「うーん、だからこういうのって本当に嫌なんだ。どうして実生活で誰かに会うのって、こんなに難しいんだろう？」

「もしかすると簡単になるかもしれない……別の街なら」わたしは指摘した。

彼は頭を傾けてわたしを一瞥し、目をぐるりとさせたけれど、笑みを浮かべている。

「オーケイ、じゃあ、きみならどう書く？　もしきみが男で、誰かからの承認を求めているなら？」

「だって、わたしは例外だもの。あなたがここで書いていることは、わたしにはとってはよく思える」

アレックスは笑った。「そんな意地悪を言わないでよ」

「意地悪なんか言ってない。そのあなたの言い方、セクシーな子育てロボットみたい。ほら、『宇宙家族ジェットソン』に出てくる腹筋バキバキのメイドに似てる」

「ポピーーー」アレックスは前腕で顔を隠しながらうめき声をあげて笑った。

「わかった、わかった。とりあえず直してみる」ふたたびアレックスの携帯電話を手に取り、彼の文章を削除し、とりあえずメモリーに保存した。わたしと同じく、もし彼がもとの文章を復元したくなったときの場合に備えてだ。それからしばし考え、自分なりに入力し、アレックスに携帯電話を戻した。

彼は長いことまじまじと画面を見つめたままだったが、やがてそこに書かれた文章を声に出して読みあげ始めた。「〝フルタイムの仕事と、ちゃんとしたベッドフレームの持ち主。タランティーノのポスターだらけではない自宅もあり。数時間で返信可能。

あとサックスが苦手〟？」

「あ、クエスチョンマークをつけてた？」わたしは体をかがめ、彼の肩越しに画面を確認した。「そこはピリオドにすべきね」

「ピリオドになってる。きみが本気なのかわからなくて、わざと疑問形にしたんだ」

「もちろん、わたしは本気よ！」

「〝ちゃんとしたベッドフレームの持ち主〟？」アレックスはまた語尾をあげた。

「それで、あなたが信頼できる人だってわかる。あと、おもしろい人だって」

「っていうか、おもしろいのはきみだけどね」

「でも、あなただっておもしろいわ。ただ、こういうことに関しては考えすぎちゃうだけ」

「あの写真と、ちゃんとしたベッドフレームの持ち主だって事実だけで、女性たちがぼくとデートしたがると本気で思ってるのか」

「ねえ、アレックス、さっきの言い方から、あなたも世の中がどれだけ厳しいか知っているのかと思ってた」

「とにかくぼくが言いたいのは、この顔で一日じゅう歩きまわって、ちゃんとした仕事やベッドフレームを持っていても、これまでとまるで違う世界には行けないってことだよ」

「そうね、それはあなたが相手に恐れを抱かせるから」わたしは自分の書いたバイオをセーブし、ふたたび登録女性たちのスライドショーを見始めた。

「そう、まさにそれだ」アレックスが言う。わたしは顔をあげて彼を見た。

「そうよ、アレックス。まさにそれなの」

「きみ、なんの話をしているの？」

「クラリッサを覚えてる？　シカゴ大学の寮で、わたしのルームメイトだった？」

「親からの信託基金がたっぷりある、ヒッピーの？」

「それと二年生のときのルームメイトだったイザベルはどう？　あとコミュニケーション学部の友だちだったジャクリンは？」

「ああ、きみの友だちのことは覚えてるよ。だってまだ二十年も経っていないから」

「彼女たちの共通点って何かわかる？　みんな、あなたに熱をあげていたの。三人ともよ」

アレックスは顔を真っ赤にした。「嘘ばっかり」

「嘘じゃない。そんな嘘は言わないわ。クラリッサとイザベルはいつだってあなたといちゃつきたがってた。それにあなたが部屋にいるといつも、ジャクリンは持ち前の〝コミュニケーション能力〟を発揮することができなかったの」

「だって、どうすればそんなこと、ぼくにわかるっていうんだ？」

「ボディランゲージとか、長めのアイコンタクトとかよ。あとは何か理由を見つけてあなたに触れようとしたり、あからさまに性的なほのめかしをしたり、あなたに論文の手伝いを頼んだり」

「それって、ぼくたちがいつもメールでやり取りしてることじゃないか」アレックスはわたしの論理の穴を見つけたかのように言った。

「アレックス」冷静な口調で応じる。「それって誰のアイデア？」

アレックスの顔にたちまち勝利の表情が浮かんだ。「待って。マジで？」

「マジで。そう考えると、新しい写真とバイオを試したい気分になるでしょう？」

彼は愕然（がくぜん）とした面持ちになった。「ぼくらの旅行中にデートするつもりはないよ」

「当然よ。そんなのだめ！　でも、せめて試してみることはできる。あと、あなたが承認したいタイプの女の子を知りたいの」

「看護師とか、人を助ける職業の人」

「うわあ、あなたって本当に善人ね」わたしはマリリン・モンローみたいな吐息まじりの声で応じた。「わたしのほんの感謝の気持ちとして、お手伝いさせ――」

「わかった、わかった」アレックスが言う。「そんな調子できみが喘息（ぜんそく）の発作でも起こしたら大変だ。ぼくが画面をスワイプする。お手柔らかに頼むよ、ポピー」

わたしは自分の肩を彼の肩に軽くぶつけた。「いつだってそうよ」

「いつだって違うだろう」

わたしは眉根を寄せた。「だったらわたしがあなたの気分を悪くしたら、すぐに言って」

「きみがそんなことをするはずない。大丈夫」

「自分でもときどき手厳しい冗談を言ったりするのはわかってる。でも、あなたを傷つけたいと思ったことなんてない。ただの一度も」

アレックスは笑うことなく、まっすぐこちらの瞳を見つめ返してきた。時間をかけて、今の言葉をきちんと理解しているかのように。「それはわかってる」

「オーケイ、だったらいいの」わたしはうなずくと、彼の携帯電話の画面を見つめた。

「あっ、彼女なんてどう?」

画面上の女性は日に焼けていてかわいらしい。片膝を曲げてカメラに向かって投げキスをしている。

「キス顔はなしだな」アレックスはそう言うと、スワイプしてその女性を画面から消した。

「そうね」

次に見つけたのは、唇にリング状のアクセサリー（リップ・リング）をつけ、ダークアイメイクをした女性だ。バイオにはこう書いてある。〝いつでも全身メタル〟

「メタルすぎる」アレックスはその女性も画面から消した。

次は、アイルランドの緑の妖精（レプラコーン）のハット帽をかぶり、緑色のタンクトップ姿で笑いながら緑色のビールを掲げている女性だ。胸が大きくて、満面の笑みを浮かべている。

「あら、すてきなアイルランド女子ね」わたしは冗談を言った。

アレックスは無言のまま、彼女を画面から消した。

「ねえ、彼女のどこがいけないの？　とってもゴージャスなのに」

「ぼくのタイプじゃない」

「ふうん、だったら次ね」

それからアレックスは、ロッククライマー、〈フーターズ〉のウエイトレス、画家、アレックスといい勝負の鍛えた肉体を持つヒップホップ・ダンサーを次々と拒否した。

「アレックス」わたしはぽつりと言った。「問題はバイオじゃなくて、そのバイオを書いた本人にあったのかもしれない。そう思えてきたわ」

「彼女たちがただ、ぼくの好みじゃなかっただけだ。それにどう考えても、ぼくも彼女たちのタイプじゃない」

「どうしてわかるの？」

「ほら見て」彼が突然言う。「これ、彼女はキュートだ」

「えっ、嘘でしょ？　冗談はよして！」

「なんだって？　きみ、彼女をかわいいって思わないの？」

その赤みがかったブロンドの女性は、よく磨かれたマホガニー材のデスクの背後に座り、笑顔でこちらを見あげている。上半分の髪を後ろでまとめたハーフポニーテールで、濃紺のブレザー姿だ。バイオによれば、彼女はヨガと太陽の光、カップケーキが大好きなグラフィックデザイナーだという。わたしは口を開いた。「アレックス、彼女はサラよ」

アレックスは体をのけぞらせた。「この女の子は全然サラに似てない」

わたしは鼻を鳴らした。「彼女がサラに似ているなんて言ってない」もちろん似ているけれど――。「わたしは彼女がサラだって言ったの」

「サラは教師だ。グラフィックデザイナーじゃない。それにサラは、この女の子より背が高いし、髪の色も濃い。あと好きなデザートはカップケーキじゃなくてチーズケーキだ」

「着ているものも、笑い方もまったく同じよ。なんで男って石鹸（せっけん）に彫刻したような女の子が好きなんだろう？」

「きみ、いったいなんの話をしてるの？」

「つまりね、あなたはクールでセクシーな女の子には全然興味を示さなかったのに、この幼稚園の先生志望みたいな女の子には目を留めた。相手として考えてみてもいいと思った初めての候補者よ。いかにも……あなたのタイプよね」

「彼女は幼稚園の先生じゃない。この子のどこが問題なんだ？」

「問題なんてない！」そう答えたものの、自分でもそれが本当のようには聞こえなかった。ひどく戸惑った声に聞こえる。少しでもこの困惑がおさまればいい。そう願いながら口を開いたけれど、望みどおりにはいかなかった。「その子が問題なんじゃない。問題は――男たちにある。男はみんな、自分が求めているのはセクシーで、自立した、ヒップホップ・ダンサーだと考えている。でも実際にそういう人が目の前に現れると、彼女は過激すぎる、自分には興味を持てないって言う。それで結局、いつでもタートルネックを着ているかわいらしい幼稚園の先生タイプがいいって考える」

「どうして彼女が幼稚園の先生だって言い張るんだ？」アレックスは叫んだ。

「だって、彼女はサラだから」わたしはうっかり口走った。

「いいかい？　ぼくはサラとデートしたいわけじゃない。それにサラが教えているのは幼稚園児じゃなくて高校生だ。しかも」アレックスは勢いづいたように続けた。

「きみは偉そうに話しているが、賭けてもいい。きみがティンダーをするときは、消防士やER勤務の外科医、それにクソみたいなプロスケートボーダーを承認しているはずだ。それにぼくは、かわいくて優しそうに見える女性に惹かれるのは悪いことだと思っていない。きみにとって、そういう女性はちょっと退屈に見えるんだろうね。

だってきみみたいな女性は、ぼくのことも退屈だって思うだろうから」

「そんなの関係ない（ファック・ザット）」

「なんだって？」

「そんなの関係ないって言ったの！」わたしは繰り返した。「わたしはあなたが退屈だなんて思ってない。だから、この言い争いそのものが無意味よ」

「ぼくらは友だちだ。きみはぼくをデート相手としては承認しないだろう」

「するわ」

「いや、しない」

今こそ、こちらからこの話題をやめるチャンスだ。でもわたしはあまりにテンションがあがりすぎていた。この話題に関して、アレックスに自分は正しいと思わせたままにしておくのが癪（しゃく）だった。

「わたしは、する」

「ぼくもきみを承認する」アレックスは言い返してきた。それがある種の反論であるかのように。

「する気もないことを言わないでよ」そう警告した。「だってわたしはブレザーを着たりしないし、デスクの背後に座ってにっこり笑ったりするつもりもない」

アレックスは口を真一文字に結んだ。顎の筋肉を引きつらせながら唾をのみこんでいる。「オーケイ、だったら見せてくれ」

自分のティンダーを開き、携帯電話をアレックスに手渡した。

彼には今、眠たげな笑みを浮かべたわたしのプロフィール写真が見えている。銀色のワンピースにフェイスペイントをして、熱接着剤でアルミのアンテナをくっつけたヘッドバンドをかぶった、エイリアンみたいな格好だ。明らかにハロウィンの仮装だ。いや、もしかして『X-ファイル』をテーマにした、レイチェルの誕生日パーティーの仮装だったかも?

アレックスはその写真をまじめに検討し、画面をスクロールさせてわたしのバイオを読み始めた。一分後、彼はわたしの携帯電話を返し、こちらの目を真剣にのぞきこんだ。「承認する」

その瞬間、全身にしびれたような刺激が走った。「そう」どうにか小さな声で言う。「オーケイ」

「じゃあ、ぼくに怒るのはもうおしまい?」

何か言おうとした。それなのに舌が重たく感じられ、何も言えない。というか、体全体が重たく感じられる。特に、アレックスの腰に触れている部分が。だから、こくんとうなずくだけにした。

アレックスの背中のけいれんに感謝しなくては。わたしは心のなかでつぶやいた。

そうでなければ、次に何が起きたか自分でもわからない。

アレックスは数秒わたしをじっと見つめると、すっかり忘れ去られていたノートパソコンに手を伸ばし、低い声で言った。「何が観たい？」

19

六年前の夏

コロラド州のリゾート地ヴェイルを旅したとき、アレックスもわたしも深刻な金欠病で、わたしのもとへ舞いこんだ無料宿泊の誘いにこれ幸いと飛びついた。その時点まで、旅行に行けるかどうかもはっきりしていなかった。

理由はいくつかある。まずわたしがギレルモから別れを告げられたことだ。彼のレストランで新しく雇った接客係（ネブラスカ発の飛行機からおりたったばかりの、瘦せこけた青い瞳の女の子）に乗り換えられた——しかも、わたしが思いきって彼のアパートメントに引っ越してからわずか六週間後に。だから早急に住む場所を見つける必要があったのだ。

結果的に、自分にとってぎりぎり許される範囲の、家賃がばか高いアパートメントを借りなければならなかった。

しかも、アパートメントが見つかるまでの二カ月のあいだに二度も、ユーホール（引っ越し用トレーラートラック）に設備レンタル料を支払う必要があった。

おまけに、不要になって破棄した家具の代わりに、新しい家具を買わなければならなかった。ギレルモのアパートメントにはすでに、わたしのものより洗練されたソファ、マットレス、デンマーク風キッチンテーブルがあった。ただふたりで話しあって、わたしのドレッサーとベッド脇のテーブルは残すことにした。彼のドレッサーは脚が一本壊れていたし、ベッド脇のテーブルは一台しかなかったからだ。でもそれ以外はすべて、ギレルモの家具をそのまま使い続けることにしていた。

別れたのは、母の誕生日を祝うために、ギレルモを連れてリンフィールドへ戻った直後のことだ。

実家に戻る数週間前から、ギレルモに何を注意すべきか、自問自答を繰り返していた。

たとえば、うちの実家の前庭の芝生が、コメディドラマ『じゃじゃ馬億万長者』式の、廃品置き場と化していること。わたしと兄たちが〝わが家〟と呼んでいる建物自体、母が捨てられずにいるわが子たちの思い出の品々であふれ返り、さながら博物館のような様相を呈していること。わたしたちが滞在しているあいだ、母はキッチンまわりにお手製の焼き菓子を積み重ね続け、しかもフロスティングがたっぷりのっているせいで甘すぎ、家族以外の人たちは必ず咳きこんでしまうこと。うちのガレージは、父が再利用可能だと信じているがらくた——使用済みの粘着テープみたいな——だらけであること。実家では決まって、わたしたちが子どものころに、ホラーコメディ映画『アタック・オブ・キラートマト』をもとに作ったボードゲームを数日間にわたってやらされること。

うちの両親が最近、年老いた猫を三匹引き取り、そのうちの一匹がおもらしするせいで、いつもおむつをつけていなければいけないこと。

ギレルモがうちの両親がセックスしている物音を聞かされる確率がそれなりに高いこと。というのも、実家は壁が薄いうえに、前にも説明したとおり、ライト家は全員声が大きいから。

週末には新たな才能を発掘する会（ニュー・タレント・ショウ）が開催され、全員が実家を訪れる直前に習い始めたばかりの新しい技を披露するのを期待されていること（前回わたしが実家を訪れたときには、プリンスがわたしたちがその場で思いついて叫んだ映画のタイトルから連想する言葉を次々と言い、六度目で必ずキアヌ・リーブスにつなげるという妙技を披露してみせた）。

だからこそ、ギレルモが足を踏み入れるのがどんな場所であるのか、彼には前もって警告しておくべきだろう。ただ、そうするのが裏切り行為のように感じられた。まるでうちの家族に問題があると言っているようではないか。もちろん、彼らは騒がしいし汚らしい。でも、信じられないほどいい人たちで、みんな優しくて愉快だ。家族のことを恥ずかしいと考えるだけで、そんな自分が嫌になる。

ギレルモはうちの家族を愛してくれるはず。わたしは自分にそう言い聞かせた。だって彼はわたしを愛してくれているから。うちの家族はわたしを育ててあげた人たちなのだから。

実家を訪れた初日の夜、わたしの子ども時代の寝室でふたりきりになると、ギレルモはぽつりと言った。「今回、きみのことがこれまで以上によくわかった気がする」

彼の声はかつてないほどの優しさとあたたかみに満ちていた。でも愛情というよりむしろ、同情の響きが感じ取れる。

「きみがニューヨークへ逃げださなくてはいけなかった理由がわかった。きみにとって、ここにいるのはさぞつらいことだったに違いない」

その瞬間、胃のあたりが重くなり、胸が締めつけられるような痛みを感じた。それでも彼の言葉を訂正しようとはしなかった。同時に、またしても恥ずかしさを感じた自分が嫌になった。

だってわたしは本当にニューヨークへ逃げたから。でも自分の家族から逃げたわけじゃない。もし残りの人生ずっと家族と離れ離れになるとすれば、それは彼らを勝手な判断から守るため。同時に、そういった昔からなじみのある"拒絶"からわたし自身を守るため。ただそれだけだ。ギレルモはうちの家族に親切にしてくれたが――彼はいつだって親切だ――そう言われたあとは、彼がどこかわたしの家族を見下して哀れんでいるように感じられてならなかった。

その旅の最中に起きたことは忘れようとした。ニューヨークでの実生活では、わたしたちはふたりとも幸せなのだ。もしギレルモがわたしの家族を理解してくれなかったからといって、それがなんだというの？　彼はこのわたしを愛してくれている。

それから数週間後、ギレルモの寄宿学校時代からの友人が開いたディナーパーティーにふたりで出かけた。その友人は正面にブラウンストーンを張った高級住宅に暮らし、たっぷりの信託財産を受け継ぎ、自宅のダイニングルームのテーブルの上にダミアン・ハーストの絵画を飾っていた。わたしも、今ではダミアン・ハーストというアーティストを知っている――というか、死んでも忘れないだろう。なぜならそのパーティーの席上、誰かが飾ってある絵とは関係ない話題で彼の名前を口にしたとき、「誰のこと？」と尋ねた瞬間、周囲から笑い声があがったからだ。

彼らはわたしを笑っていたのではない。わたしがジョークを言っていると本気で考えていた。

その四日後、ギレルモから別れを切りだされた。「ぼくらはあまりに違いすぎる。

最初は惹かれあったが、長い目で見れば、結局ぼくらが求めるものはまったく別のものだったんだ」

彼にフラれたのは、わたしがダミアン・ハーストが何者か知らなかったせいだとは言えない。でもそうではないとも言いきれない。

ギレルモのアパートメントを出ていくとき、彼が大切にしている料理用ナイフを一本だけこっそり盗んでやった。

ナイフを全部盗むこともできたけれど、これこそ自分なりのさりげない復讐だ。ギレルモがそのナイフを見つけようと至るところを探しながら、友人のディナーパーティーに持参して置き忘れたのか、それともばかでかい冷蔵庫とアイランド型キッチンの調理スペースとの隙間に落ちたのか、とあれこれ考えている姿を想像するのがいい。

正直に言えば、あのナイフの悪夢でギレルモを悩ませたかった。

映画『危険な情事』でグレン・クローズが演じた役のように、元恋人に全力で仕返しをするやり方とは違う。でも、なくなったナイフが暗に示している意味が何かわからず、ギレルモが気が気でなくなるようにしたかった。

ただ、自分の新しいアパートメントに移って一週間経ち――ずっとすすり泣くこともなくなると――罪悪感を覚え始めた。あのナイフを宅配便で送り返そうかと考えてもみたが、それだとかえって誤ったメッセージと受け取られるかもしれない。ギレルモが届いた包みを手に警察署を訪れる姿がありありと想像できる。だからそのまま放っておいて、彼には新しいナイフを買ってもらうことにした。

盗んだナイフをネット上で売ろうかとも考えたけれど、匿名の落札者がギレルモ本人だと判明する展開もあり得る。だからそのまま手元に置いて、ふたたびすすり泣きを始め、その三週間後、ようやくすすり泣きをやめた。

言いたいのは、とにかく破局は最悪だってこと。特に、物価が高すぎる街で同棲(どうせい)していたパートナーと別れた場合、代償がさらに高くつく。その年の夏旅行(ザ・サマー・トリップ)の代金を支払えるかどうか自信がなかった。

そこへサラ・トーヴァルの一件まで加わった。

かわいらしくて華奢(きゃしゃ)なのに、引き締まった体と整った顔を持つ、茶色いアイライナーの愛用者サラ・トーヴァルだ。

アレックスが彼女と真剣につきあうようになって、すでに九カ月が過ぎようとしている。アレックスがシカゴにいる友だちを訪ねたときにサラと偶然再会して以来、メッセージをやり取りするようになり、すぐに電話をかけあうようになり、アレックスがもう一度シカゴを訪ねた。それからすぐに真剣につきあうようになり、半年間は遠距離恋愛を続けていたが、サラはアレックスが修士号を取得し終えたインディアナで教師の仕事を見つけて引っ越してきたのだ。彼と一緒にいるために。彼女は今、アレックスが博士号取得に向けて頑張っているインディアナで幸せそうに暮らしている。きっとこの先も、アレックスの移転先へと追いかけていくつもりだろう。

もし何もなかったら、その話を聞いてわたしも幸せな気分になっただろう。サラがわたしを嫌っているのではないかという疑いが日に日に濃くなっていなければ。

サラがSNSに《家族と過ごすひととき》《ちっちゃくてかわいいこの子に夢中》といったキャプションとともに、アレックスの生まれたての姪っ子を抱っこしている自分の写真を投稿するといつでも、わたしは〝いいね!〟を押してコメントをするようにしている。でもサラから返事が返ってきたことは一度もない。もしかしてそもそもわたしに気づいていないのではないかと気になり、わざわざサラのフォローを解除し、もう一度フォローし直しても、なんのリアクションもなかった。

「サラはザ・サマー・トリップのことを奇妙に感じているんだと思う」アレックスは（前に比べて回数も減り、距離もより遠くなった）電話で認めた。彼は車でジムに向かうか、ジムから戻るかの途中で、わたしに電話しているに違いない。できることなら、アレックスに言いたい。そんなふうにサラがそばにいないときにわたしに電話をかけるようにしても、たぶん何も改善しない、と。

でも本当は、アレックスのそばにほかの誰かがいるときは、彼と話したくない。だからあえて何も言わず、この状況の変化を受け入れている。今やわたしたちの友情は、数週間ごとの十五分間の電話だけに限られている。メールのやり取りも、メッセージのやり取りもいっさいなし。ただし、アレックスの住む共同アパートメントの背後にあるごみ箱で彼が見つけた、小さな黒猫の写真がときどき送られてくる。彼らしい、短いジョークつきだ。

その黒猫は子どものように見えるけれど、獣医によれば、もう完全に成長していて、ただ体が小さいだけなのだという。アレックスはその雌猫が靴や帽子、ボウルに囲まれて座っている写真を何度か送ってくれている。いつも〝身体測定のため〟などと気の利いた短い言葉が添えられているが、わたしには痛いほどよくわかっている。アレックスはこの雌猫のすべてが愛おしくてたまらないのだろう。もちろん、いろいろなものに囲まれて座るのが大好きな猫たちほどキュートなものはない。でも……その猫の写真を撮らずにはいられないアレックスのほうがさらにキュートかも。

彼はその雌猫にまだ名前をつけていない。ゆっくり時間をかけて考えるそうだ。成長しきった生き物に、本人に知らせず勝手に名前をつけるのが正しいことだと思えないから、と言っている。だからとりあえず今、彼はその雌猫を〝ネコ（キャット）〟や〝小さなかわいい子〟や〝小さな友だち〟と呼んでいる。

サラはその雌猫をサディと呼びたがっているけれど、アレックスはその名前がふさわしいとは思っていない。だから時間をかけるつもりなのだ。最近では、わたしたちの話題はその猫だけに限られている。それだけに、アレックスからずばりと、サラがわたしたちのザ・サマー・トリップを奇妙に感じていると言われたときは驚いた。

「当然よ。わたしだって同じように感じるはずだもの」サラを非難するつもりはない。もし自分の恋人がある女性と、アレックスとわたしみたいな友情関係を築いていたら、わたしは古い小説『黄色い壁紙』の主人公みたいに頭がどうにかなってしまうだろう。

それが完全にプラトニックな関係だと信じるのは、どう考えても無理だ。特に、実際自分がアレックスとの友情関係において、〝もし○○したらどうなる?〟と考える割合が五パーセント（から十五パーセント程度まで）あると認めているのだからなおのこと。

「だったらどうする?」アレックスが尋ねる。

「さあ、わからない」わたしは声にみじめさがにじまないよう注意した。「彼女を招待したい?」

アレックスはしばらく考えてから答えた。「それがいい考えだとは思わない」

「わかった……」かつてないほど黙りこんだあと、わたしは口を開いた。「今年の旅行……なしにすべきかな?」

彼がため息をついた。きっとスピーカーホンで話しているに違いない。ウインカーを出す音がこちらにも聞こえている。「ぼくにはわからないよ、ポピー。どうすればいいのか」

「うん、わたしも」

そのあとも電話はつないだままだったが、どちらもそれ以上何も話そうとしなかった。ついにアレックスが口を開いた。「家に着いた。また二、三週間後にもう一度話そう。そのころには状況も変わっているかもしれない」

〝状況ってなんの？〟そう尋ねたかった。でも尋ねなかった。かつての自分の一番の親友が、誰かの恋人になったのだ。だから、その相手に言っていいことといけないことの境界線は前よりもしっかり引く必要がある。

電話を切ったあと、夜通し考えていた。

〝アレックスはサラと別れるつもり？〟

〝サラは彼と別れるつもりなの？〟

〝アレックスはサラを説得しようとするだろうか？〟

〝彼はわたしとの関係をやめるつもり？〟

ヴェイルにただで泊まれるという申し出を受けたとき、数カ月ぶりにアレックスにメールを送った。書き出しはこうだ。〈ねえ！　時間ができたら電話して！〉

翌朝の五時半、電話の鳴る音で叩き起こされた。暗がりのなか、携帯電話の画面にアレックスの名前が表示されているのを見て、どうにか電話に出た。聞こえてきたのはウインカーの規則正しい音だ。ジムに行く途中なのだろう。「どうかした?」それが彼の第一声だった。

「死ぬほど眠い」わたしはうめいた。

「ほかには?」

「コロラド」わたしは寝ぼけ声で続けた。「ヴェイル」

20

今年の夏

わたしはアレックスの隣で目覚めた。彼は、ニコライのエアB&Bのベッドは充分に大きいのだから、ふたりのどちらかが椅子の上でもうひと晩過ごすようなリスクを冒すことはないと主張したが、朝が来るころにはわたしたちはベッドの真ん中にいた。わたしは体の右側を下にして彼に向かっている。彼は左側を下にしてわたしのほうを向いている。ふたりのあいだには十五センチほどの距離がある。わたしの左足が彼の上にのり、わたしの太腿が彼の腰に引っかけられ、彼の手がその上にのっていることを除けば。

部屋は地獄のように暑く、わたしたちは汗まみれになっていた。アレックスが目覚める前にここから脱出しなければ。けれど、わたしの脳味噌(のうみそ)のなかのおかしな部分はここにとどまりたがっている。彼がわたしを見た目つきを思いだし、ゆうべ彼がわたしのデート相手の詳細を聞いて「ぼくならうまくやれるのに」と言った声を反芻しながら。

彼は挑みかかるようにそう言った。

もっとも、あのときの彼は筋肉をゆるめる薬を服用していたのだけれど。

今日、もし彼があれを覚えていたら、きっと後悔し、恥じ入るだろう。

あるいはもしかしたら、彼はキンクス（イギリスのロックバンド）についてのひどくしらけるドキュメンタリーをわたしの隣で観ているあいだ、まるで送電線になったみたいに、ふたりの腕が触れあうたびに火花が散るのを感じていたことを思いだすかもしれない。

「きみって、こういうのを観ているとたいてい飽きて寝ちゃうよね」アレックスは脚をわたしの脚に押しつけながら、穏やかな笑みを浮かべて指摘した。しかし視線を落としてわたしを見たそのはしばみ色の瞳は鋭く光り、渇望をたたえていて、まったく違う表情に見えた。

わたしは肩をすくめて「別に飽きたわけじゃない」とかなんとか言い、映画に集中しようとした。時はゆるやかに過ぎていったが、彼の横にいると一秒一秒が新鮮な勢いでわたしを打ち据えてくるようだった。まるで、二時間近い映画のあいだに何度も何度も、その都度初めて彼に触れて電気を感じたみたいに。

映画が終わったのはまだ早い時間で、わたしたちは別のドキュメンタリーを観始めたけれどそれも退屈でつまらない映画で、ただこうしてふたりで過ごしていてもいいのだと思わせるためになんとなく音をたてているだけだった。

少なくともわたしは、そうやってふたりで過ごしていたかった。

今では、わたしの腿の上にのせられたアレックスの手がひりひりするような欲望のうずきをわたしに送りこんでいる。自分でも意味がわからないと思いながら、わたしはもっと彼に近づきたかった。すっかりお互いに触れあうくらいそばまで。そして、彼が目を覚ましたらどうなるのかを知りたかった。

クロアチアでの思い出が脳裏に浮かび、全身を絶望の閃光(せんこう)が駆けめぐった。

脚を引き抜くと、反射的に彼の手がわたしをつかもうとしたが、わたしが離れてしまうとその手から力が抜けた。わたしが転がって離れ、上半身を起こすのと同時にアレックスが身じろぎして目を覚ました。両目が眠たげに薄く開き、髪は乱れている。

「やあ」彼はかすれた声で言う。

わたしはくぐもった声で尋ねる。「よく眠れた?」

「ああ、たぶん。きみは?」

「ええ。背中はどう?」

「ちょっと待って」彼はゆっくりと体を起こし、向きを変えて長い両脚をベッドの脇へとおろす。そして慎重に立ちあがった。「ずいぶんよくなったよ」

アレックスの体の前は盛大に張りつめていて、それにわたしが気づくのと同時に彼も気づいたようだった。彼は胸の前で腕を組み、目を細めて部屋を見渡した。「ぼくらが眠ったときはこんなに暑くはなかったはずだ」

アレックスの言うとおりなのかもしれないが、わたしは昨晩どれくらい暑かったかなんて覚えていない。

暑さがどうとか考えられるほど、頭が働いていなかったのだ。

今日は昨日みたいなことにならないようにしなければ。

これ以上、部屋のなかでだらだらしていてはいけない。ベッドの上で一緒に座っているのもだめ。ティンダーの話をするのも、一緒に眠りに落ちて、気づいたら体の半分が彼の上にのっかっているなんてことも、これ以上はもうだめだ。

明日にはデイヴィッドとタムの結婚に向けてのお祭り騒ぎ（バチェラー・パーティーにリハーサル・ディナー、そして結婚式）が始まる。今日は頭を悩ませることなくアレックスと楽しく過ごして、彼が家に帰ったあと、また二年もわたしとは距離を置きたいと思わせないようにしなければならない。

「ニコライに電話して、もう一度エアコンがどうにかならないか、言ってみるわ」わたしは言った。「でも、そろそろ活動を開始しないと。やることがたくさんあるんだから」

アレックスは片手で髪をかきあげた。「シャワーを浴びる時間はある？」

わたしの心臓はどくんと鋭く打った。まるで自分が彼と一緒にシャワーを浴びるところを想像しているかのように。

「お望みならどうぞ」わたしはどうにか答えた。「でも、すぐにまた汗でびしょびしょになると思うけど」

アレックスは肩をすくめた。「こんなに汚れた体のままじゃ、出かける気になれないよ」

「昨日はもっと汚れていたわよ」冗談を言う。わたしのフィルターはもとから壊れているというのに、今やもう発言に歯止めが利かないようだ。

「それはきみの前だけでのことだよ」彼が言い、バスルームに向かって歩いていきながら、通り過ぎざまにわたしの髪を揺すった。

そこに立ってシャワーの音が聞こえてくるのを待ちながら、わたしの脚は今にもゼリーのように溶けだしそうだった。水音がしてやっと動けるようになると、わたしはまず室内温度を確認しに行った。

二十九度ですって？

昨夜は二十六度に設定されていたのに、今は二十九度を示している。つまり、このエアコンは壊れていると言って差し支えないだろう。

バルコニーに出てニコライに電話をかけたが、三度目の呼び出し音のあと留守番電話に切り替わった。今回はもう少し怒りをこめた伝言を残し、メールとテキストメッセージも送ってから室内に戻ると、持ってきたなかでも最も軽い服を探した。ギンガムチェックのサンドレスはぶかぶかで、紙袋を着ているようだった。

水音が止まる。アレックスは今度はタオル一枚で出てくるような間違いを犯さなかった。すっかり服を着こんでいるものの、後ろに撫でつけられた髪からはまだ水滴が額と首にしたたり落ちている（のが官能的、と、わたしならつけ加えたい）。

「それで」彼が言う。「今日はどういう予定なんだい？」

「サプライズよ。サプライズがたっぷり予定されてるわ」わたしは大仰な仕草で車のキーをアレックスに向かって放り投げた。それは彼から六十センチ離れた床に落ちた。

彼はその場所を見おろした。

「おっと。もうサプライズが始まってるってことかな？」

「うん」わたしは言う。「そうよ。でも、このあとはもっとすごいサプライズが待ってるわ。だから、それを拾って出かけましょう」

アレックスの口がゆがむ。「ぼくはちょっと……」

「ああ、そうだった！　背中が痛いのよね！」わたしは駆け寄ってキーを拾い、普通の大人がするようにそれを彼に手渡した。

デザート・ローズの外側の通路へ出ると、アレックスが言った。「まるで悪魔の尻の穴のなかにいるのかと思うような暑さなのは、ぼくたちの部屋だけではないみたいだな」

「そうね、この罪深いほどの暑さが街じゅうどこでも同じなら、そのほうがうれしいわ」

「きみなら、ここは金持ちがこぞってバカンスに来るような場所なんだから、どこもかしこもエアコンを効かせるだけの金はあるだろう、くらいのことを言うと思ったけど」

「最初の行き先が決まったわ。市庁舎に行って、その最高の案を提出しましょう」

「街を覆うドームの建設を考えたことはありますか、市議会議員どの？」ふたりで階段をおりていきながら、彼が皮肉な口調でからかう。

「そういえば、スティーヴン・キングの小説のなかでそれをやった人がいたわ」わたしは言う。

「じゃあ、ぼくはその手は使わないようにしよう」

「わたしはいいアイデアをたくさん出せるわよ」またアレックスにあの子犬のような顔をさせようとして言った。ふたりで駐車場を横切っていくあいだに彼は笑いだし、わたしの顔をつついてあさっての方向を向かせた。

「きみは得意じゃないだろう、そんなこと」

「あなたがそんなに反応するってことは、そうでもないみたいだけど?」

「きみがトイレで踏ん張ってるみたいな顔をするからだ」

「あれはトイレで踏ん張っている顔じゃないわ。これがそうよ」わたしはマリリン・モンローのポーズで両脚を広げ、片手を腿にあてがい、もう一方の手で開いた口を隠した。

「それはいいな。きみのブログに載せるべきだ」アレックスはそう言って、すばやく、こっそりと携帯電話を取りだして写真を撮った。

「ちょっと!」

「トイレットペーパーのコマーシャルをオファーされるかもしれないぞ」

「それは悪くないわね。あなたのそういう考え方、好きよ」

「ぼくはいいアイデアをたくさん出せるよ」アレックスはまねをして言うと、わたしのためにドアのロックを解除してから運転席にまわりこんだ。そのあいだにわたしは助手席に座り、マリファナの香りを深く吸いこんだ。

「わたしに運転させないでくれて、ありがとう」わたしは運転席に乗りこんだアレックスがシートの熱さに思わず声をあげ、かちりとシートベルトを締めたところで言った。

「運転嫌いでいてくれてありがとう。おかげでぼくはこの広大で予測不能な宇宙のなかで、自分の人生をちょっとだけコントロールする力を手にすることができる」

わたしは彼にウインクしてみせた。「どういたしまして」

アレックスが笑った。

奇妙なことに、彼は今回の旅で今が一番リラックスしているように見える。あるいは、わたしがなんとか普通でいようと、おしゃべりを続けているだけなのかもしれない。それこそがわたしとアレックスのおなじみの夏旅行（ザ・サマー・トリップ）を成功させるための鍵なのだ。

「それで、行き先は教えてもらえるのかな？　それともぼくはただ太陽に向かって走りだせばいいのか？」

「どっちでもないわ。わたしの言うとおりに走って」

窓を全開にしてフルスピードで車を走らせていてもなお、扉を開け放った炉の前にでも立っているかのようで、熱風が髪と服を吹き抜けていった。今日の暑さに比べれば、昨日がまるで春の初めのように感じられるほどだ。

今日は多くの時間を屋外で過ごすのだからと、わたしは頭のなかにメモする。ボトルの水が買えるところを見つけたら、大量に買いこんでおくべし。

「この次を左よ」前方にその標識が見えると叫んだ。「じゃじゃーん！」

「ザ・リビング・デザート動物園&庭園」アレックスは標識を読みあげた。

「世界で十本の指に入る動物園よ」

「へえ、そのとおりかどうか、確かめてみよう」

「ええ。わたしたちが熱中症で朦朧としているからって評価を甘くすると思ったら大間違いよ」

「でもミルクシェイクを売っていたら、ぼくはかなり甘い評価をすることになりそうだ」アレックスはすかさず小声で言い、車を停めた。

「まあ、それくらいは大目に見てもいいかもね」

わたしたちは特に動物園好きというほどでもないが、ここは動物を砂漠で放し飼いにしていて、いずれは野生に戻すという目標を掲げていろいろな訓練を行っている。

それに、キリンの餌やりもできる。

アレックスにはそのことは言わずにおこう。驚かせたいから。以前は彼の心のなかにすてきなキャットレディが棲みついていたけれど、動物全般が好きなはずだから、この企みがうまくいってほしい。

餌やりは午前十一時半までなので、キリンのいるエリアを探し当てるまでそぞろ歩く時間はありそうだ。偶然、意外に早くそこに行き着いたとしても、それはそれでいい。

アレックスがまだ背中を気にしていたので、わたしたちはゆっくりと歩いた。知らなかったことだらけの爬虫類のショーを見たあとは、鳥のショーを楽しむ。そのあいだもアレックスはわたしのほうへかがみこんでささやいた。「ぼくは鳥を怖がることに決めたよ」

「新しい趣味を見つけるのはいいことよ！」わたしはひそひそ声で言い返した。「それはつまり、あなたが停滞していないってことだもの」

アレックスの笑い声は静かだが抑圧されているというのではなく、わたしの腕の上を転がっていって、わたしの頭をくらくらさせる。もちろん、くらくらするのは暑さのせいもあるはずだ。

鳥のショーのあとはふれあい動物園に向かって、五歳児の集団にまじって特殊なブラシを使い、ナイジェリアン・ドワーフ・ゴートの毛をすいた。

「あの看板を〝ゴート〟じゃなくて〝ゴースト〟と読み間違えたから、ぼくは今、ちょっとがっかりしてる」アレックスは声をひそめて言い、表情でそれを強調した。

「近ごろではゴーストのいい見世物を見つけるのは至難の業よ」わたしは指摘した。

「まったくだ」

「ニューオーリンズで行った墓地ツアーのガイドを覚えてる？　彼はわたしたちのことを嫌っていたわ」

「ああ」アレックスの言い方からすると、どうやら覚えていないようだ。一日じゅうでんぐり返しをしていたわたしの胃は壁にぶち当たって沈む。彼には覚えていてほしかった。わたしにとってそうであるのと同じくらい、彼にとってもすべての瞬間が大事であってほしかった。でも、昔の旅を覚えていないとしても、少なくともこの旅は記憶に残るかもしれない。そんな旅にしなければ、とわたしは決意を新たにした。

ふれあい動物園で、わたしたちはアフリカ産の動物たちと出会った。シチリアン・ドワーフ・ドンキーなどというものもいる。

「砂漠には小さい動物がたくさんいるのね」

「きみはここに引っ越してきたほうがいいかもな」アレックスがからかう。

「あなたはどうにかしてわたしをニューヨークから追いだしたいのね。わたしのアパートメントを乗っ取るつもりでしょう」

「ばかなことを言わないでくれ。ぼくじゃとてもあのアパートメントを維持できない」

ふれあい動物園を出ると、ミルクシェイクの売り場を見つけた。アレックスが注文したのはバニラだ。わたしが必死で懇願したのに。「バニラなんか、フレーバーじゃないわ」

「そんなことないよ」アレックスは言う。「これはバニラビーンズの味なんだぞ、ポピー」

「凍らせた高脂肪の生クリームを飲んでいるようなものよ」

彼は一秒ほど考えてから言った。「それ、飲んでみたいな」

「せめてチョコレートにして」

「きみがチョコレートにしなよ」

「無理よ。わたしはストロベリーにしたから」

「ほらね？」アレックスが言う。「ぼくが昨晩言ったとおりだ。きみはぼくのことを退屈だと思ってる」

「わたしはバニラのミルクシェイクが退屈だと思ってるの。あなたは見当違いをしていると思うわ」

「ほら」アレックスは自分の紙コップをわたしに差しだした。「ひと口どう？」

わたしはため息をついた。「わかったわ」前かがみになってひと口飲む。彼が眉をあげて、反応を待っている。「まあまあの味ね」

アレックスが笑った。「うん、正直なところ、それほどおいしくもない。でもそれは、バニラフレーバーの責任ではないよ」

ミルクシェイクを飲み干して紙コップをごみ箱に捨てたあとは、絶滅危惧種の回転木馬に乗りに行こうとわたしは決意した。

しかしそこに着いてみると、暑さのせいで回転木馬は営業を中止していた。

「地球温暖化は絶滅危惧種を直撃しているな」アレックスが感慨深げに言うと、腕で額をぬぐい、たまっていた汗を払った。

「水がほしい？」わたしは尋ねた。「具合がよくないように見えるわ」

「ああ。そうかもしれない」

わたしたちはボトルを二本買って日陰のベンチに座った。しかし何口か水を飲んだアレックスは、ますます具合が悪くなってきたようだ。

「くそっ、目がまわる」彼は膝の上に身をかがめ、うつむいた。

「何か買ってこようか？　もしかしたら、ちゃんとした食べ物をおなかに入れたほうがいいのかも」

「かもね」アレックスも同意する。

「じゃあ、ここにいて。サンドイッチか何か買ってくる。それでいい？」

返事がないということは、彼は本当に具合が悪いのだろう。わたしは最後に通り過ぎたカフェまで戻った。今では長い行列ができている——そろそろランチタイムだからだ。

携帯電話をチェックする。十一時三分。キリンの餌やりまであと三十分もない。行列に十分ほど並んで作り置きのターキークラブサンドイッチを買い、ベンチまで小走りで戻ると、アレックスは両手で頭を抱えていた。

「はい、これ」わたしが言うと、ガラスのような彼の目がこちらを見る。「少しは気分がよくなった？」

「わからない」アレックスはそう答えてサンドイッチを受け取り、包みを開ける。「きみも少し食べるかい？」

もらった半分を、急がせていると思われないように気を遣いながら、ふた口かじった。彼はゆっくりと自分の分を食べている。十一時二十二分になり、わたしは尋ねた。「気分はましになった？」

「そう思う。めまいはおさまってきた」

「もう歩けそう？」

「これから……差し迫った予定でもあるのかい？」彼は尋ねる。

「いいえ、全然いいの」わたしは言う。「ちょっとしたことよ。あなたへのサプライズ。それがもうすぐ終わる時間っていうだけ」

アレックスはうなずいたが、吐き気をこらえているようなので、わたしは彼が元気になるよう励ましたい気持ちと、そのまま座らせておいてあげたい気持ちのあいだで引き裂かれる。

「ぼくなら大丈夫」彼はそう言って、なんとか立ちあがった。「もっと頻繁に水を飲むのを忘れないようにしなきゃ、というだけだよ」

わたしたちがキリンのエリアにたどり着いたときには、十一時三十五分になっていた。

「申し訳ありません」十代らしき従業員がわたしたちに告げた。「今日のキリンの餌やりはもう終了しました」

彼女が去っていくと、アレックスはぼんやりした目でわたしを見た。「ごめん、ポピー。きみががっかりしていないといいんだけど」

「もちろん大丈夫よ」わたしは虚勢を張った。キリンの餌やりなど（少なくともそんなには）したくなかった。わたしがしたいのは、この旅をいいものにすることだ。わたしたちはこれからも旅を続けるべきだと証明すること。ふたりの友情をよみがえらせること。

つまり、がっかりはしている。今日ひとつ目のアウトを食らったようなものだからだ。

携帯電話が音をたて、メッセージを受信したことを知らせた。少なくともそれはいいニュースだ。

ニコライからだった。〈あなた（原文ママ）メッセージは承知しました。何ができるか見てみます〉

〈わかりました〉わたしは返信した。〈ご連絡をお待ちしています〉

「さてと」わたしは言う。「次の目的地に行くまで、どこかエアコンの効いたところで休みましょう」

21

六年前の夏

アレックスがどうやったのか、わたしにはわからないけれど、彼はサラからヴェイルへ旅する許可を得てきた。

どうやったのか尋ねるのは危険に思えた。今のわたしたちはなんでも包み隠さず話しあう関係だけれど、アレックスはサラがいやがるかもしれないようなことは言わないように気をつけている。

サラが嫉妬しているという話は出ない。もしかしたら、嫉妬などしていないのかもしれない。もしかしたら、サラが最初はこの旅に否定的だったのはほかに理由があるのかもしれない。けれども彼女の気が変わり、旅は実行された。そしてアレックスと一緒にいられるのなら、わたしはもうそれ以上の心配をしなかった。わたしたちの仲は元どおりだ。十五パーセントほど感じていた〝もし○○したらどうなる？〟という不安は、今では自分でなんとか処理できる程度にまで減っていた。

わたしたちはレンタルした自転車で、丸石が敷き詰められた通りを音をたてて走った。ゴンドラで山の上までのぼり、広大な青空を背景に写真を撮った。笑っているわたしたちの顔に、風に吹かれた髪がかかる。朝、まだ暑くならない時間帯にテラスに座って冷たい緑茶かコーヒーを飲み、日中は脱いだスウェットシャツを腰に巻きつけて山の小道を歩き、長い時間をかけてハイキングする。そして結局は、また別のテラスでひと息つくことになる。わたしたちは戸外に座り、つぶしたガーリックとおろしたてのパルメザンチーズを添えたフライドポテトを注文して、赤ワインとともにシェアしていた。鳥肌が立って身震いするようになると、わたしはスウェットシャツを着こみ、膝を胸元に引きあげて抱えこんだ。わたしがこうするとアレックスはいつも、かがみこんでわたしの頭にフードをかぶせ、ぐっとひもを引く。もつれたブロンドの房に隠され、見えるのはわたしの顔の真ん中だけだ。

「かわいい」そう言って、アレックスはにやりと笑った。彼がそんなふうに笑ったのは初めてだけれど、まるできょうだいのような感じがした。

ある夜、生バンドがヴァン・モリソンのヒット曲を演奏するなか、わたしたちはディナーを食べていた。いくつも垂れさがる電球を見ていると、ふたりが出会った新入生のころのことを思いだした。わたしたちは年上のカップルのあとに続いて、手をつないでダンスフロアに繰りだした。かつてニューオーリンズでやったみたいに踊ってみる——不器用でリズム感は悪いけれど、わたしたちは笑って、楽しんでいた。

今となっては過去のこと。あの夜は何かがおかしかったのだと、今のわたしなら認めることができる。

街の魔法、音楽、におい、きらめく光のなかで、わたしはそれまで彼といて感じたことのない何かを感じた。それ以上に怖かったのは、アレックスがわたしの目を見つめ、わたしの腕を撫で、わたしの頰に頰を寄せてきたそのやり方から、彼も同じように感じているとわかったことだ。

けれど、『茶色の眼をした女の子』に合わせて踊っている彼の手からはもう、その熱が消え失せていた。わたしはうれしかった。なぜなら、わたしはこれを絶対に失いたくなかったからだ。

ほんの一瞬だけアレックスのすべてを手に入れ、関係が終わったら全部手放さなければならないと知っているより、彼のほんの小さなかけらでいいから、ひとつ永遠に持っていたい。アレックスを失うのは絶対に嫌だ。だから、これでいい。平和で、火花の起こらないダンス。火花の起こらない旅。それがずっと続けばいい。

アレックスは一日に二度、サラに電話をかけた。朝と夜に。でも決してわたしの前ではかけない。朝は、わたしがまだベッドにいるうちにランニングに出かけ、外で電話をかけているようだ。戻ってくると、わたしを起こしてコーヒーを淹れ、クラブハウスのカフェで買ってきたペストリーを出してくれる。夜はバルコニーに出てドアを閉め、サラに電話する。

「電話の声をきみにからかわれるのが嫌なんだ」

「まあ、わたしって最低ね」その言葉に、アレックスが笑う。けれど、わたしは嫌な気分になった。いつだって、からかいあうことでわたしたちは楽しくやってきた。それがわたしたちならではのやり方だった。でも今は、彼がわたしの前ではやろうとしないことがある。つまり、彼はどこかわたしを信頼していない部分があるということだ。それはうれしくない感覚だった。

翌日、アレックスがランニングと朝の電話を終えて帰ってくると、わたしは眠たげに上半身を起こし、差しだされたコーヒーとクロワッサンを受け取った。「アレックス・ニルセン、何はともあれ、あなたの電話の声はすてきだと思うわ」

アレックスは赤面し、頭の後ろをかいている。「そんなことないよ」

「きっとバターたっぷりで、あたたかくて甘くて、完璧ね」

「それ、ぼくのこと？　それともクロワッサン？」彼が尋ねた。

「愛してるわ、クロワッサン」わたしはそう言うと、ひと切れちぎって口に入れた。

アレックスは両手をポケットに突っこんで、にやにやしながら立っている。心臓が縁色の怪物グリンチみたいにふくれあがり、わたしはただ彼を見つめた。「でも、言ったのはあなたのことよ」

「きみは優しいね、ポピー」アレックスが言う。「それにバターたっぷりで、あたたかくて、あとはなんでもいいけど。でもやっぱり、ぼくは電話はひとりでかけたいんだ」

「了解」わたしはうなずき、自分のクロワッサンを彼に差しだす。彼は小さくひと切れちぎって、口に放りこむ。

その日、ランチをとっているときに、わたしの頭にすばらしい考えが閃(ひらめ)いた。「リタ！」傍(はた)から見れば、なんの脈絡もなく突然わたしが叫んだように見えただろう。

「どうした？」アレックスが言う。

「リタを覚えてる？　トフィーノの、あのボロ家で会った彼女よ。バックと住んでいたでしょう？」

アレックスは目を細める。「〝ツアー〟に連れていくと言いながら、ぼくのズボンに手を入れてこようとした？」

「ええと、まず第一に、そんなことがあったなんて聞いてない。そして第二に、違うわ。リタはあの家にいたひとりよ。彼女はじきに出ていく予定だった。覚えてない？　コロラドに引っ越して、ラフティング・ガイドになるって！」

「ああ」アレックスは言う。「そうだね。たしかに」

「彼女はまだここにいると思う？」

アレックスは目を細める。「この地上のどこかに？　ぼくにはわからないよ」

「わたし、バックの電話番号を知ってるわ」

「そうなのか？」アレックスが鋭い目でわたしを見る。

「かけたことはないんだけど」わたしは言う。「でも番号はわかるから、テキストメッセージを送ってみる。リタの番号を知っているかどうか、きいてみましょう」

〈どうも、バック！〉わたしは書きだした。〈覚えているかどうかわからないけど、五年くらい前、ちょうどあなたの友だちのリタがコロラドへ引っ越す直前、わたしの友だちのアレックスを水上タクシーで温泉まで連れていってくれたよね？　わたしは今、ヴェイルに来ていて、彼女がまだここにいるなら会いに行こうと思っているの。あなたが元気で、トフィーノが今もこの地球上で最も美しい場所であることを願っているわ〉

わたしたちが食事を終えるころには、バックから返信が来ていた。

〈おい、マジか。あのセクシーなポピー？　その指を使うのにずいぶんと長くかかったな。きみをおれの部屋から追いだすんじゃなかったよ〉

わたしが鼻で笑うと、アレックスはテーブルに身を乗り出して反対側からメッセージを読んだ。彼がくるりと目をまわす。「へえ、きみもそう思ってるのかい、相棒？」

〈いいの、あのときのことは気にしないで〉アレックスには答えずに返信する。〈最高の夜だった。わたしたち、すばらしい時間を過ごしたわよね〉

〈ああ、スウィート。リタとはもう何年も話してないけど、きみの望みとあらば、彼女の連絡先を送るよ〉

〈そうしてくれるとすごくうれしいわ〉

〈あの島にきみがまた戻ってくることがあったら、教えてくれるかい？〉バックが尋ねる。

〈もちろんよ〉わたしは返した。〈水上タクシーの運転の仕方なんてわからないもの。あなたがいてくれないと困る〉

〈ウケる。やっぱりきみって変わってるな。そこが大好きなんだけど〉

その夜には、わたしたちはリタにラフティングの旅を予約していた。彼女はわたしたちのことを覚えてはいなかったが、一緒に楽しい時間を過ごしたことは間違いないのだから、と電話口で強調した。

「正直に言うけど、あのころのわたし、ドラッグを山ほどやってたの」リタは言った。「いつだって最高に楽しくて、当時のことはほぼ何も覚えていないのよ」

それを聞いたアレックスは、答えてもらっていない問いに不安を感じている表情を浮かべた。彼が何を知りたがっているのか、わたしには正確にわかっていた。

「それで」わたしはできるだけさりげなく尋ねる。「あなたはまだ……その……ドラッグをやってるの？」

「やめて三年は経つわ、ママ」リタが答えた。「でも、もしあなたが買いたいなら、昔わたしが買ってた男の電話番号を送るわよ」

「いいえ、いいの」わたしは言う。「大丈夫。わたしたちは……その……家から持ってきたものがあるから」

アレックスは困り果てた顔で首を横に振った。

「わかった。じゃあね、おふたりさん、今度は明るいうちに会いましょう」

わたしが電話を切ると、アレックスは言った。「バックが水上タクシーを運転してくれたとき、ドラッグをやっていたと思う？」

わたしは肩をすくめる。「あたりに誰もいないなか、彼が何をわめいているのか、わたしたちにわかるはずもなかったわ。もしかしたら彼は、目の前の水面にジム・モリソンが浮かんでいると思ったのかも」

「ぼくらがまだ生きていられて、本当にうれしいよ」アレックスが言った。

翌朝、わたしたちはラフトボートのレンタルスペースでリタに会った。わたしの記憶にあった彼女とほとんど変わりなく見えたが、結婚指輪代わりのタトゥーがあり、おなかが小さくふくらんでいた。

「四カ月よ」リタはそう言って、両手でおなかを撫でた。

「それって……問題ないのかい？　こんなことをやってて大丈夫？」アレックスが尋ねる。

「ひとり目のときは大丈夫だったわ」リタが請けあった。「ノルウェーでは、赤ちゃんを屋外で昼寝させるのよ」

「そう……なんだ」アレックスは言った。

「ノルウェーに行ってみたくなったわ」わたしの言葉に、リタが返す。

「あら、ぜひ行ってみて！　うちの奥さんの双子の妹があっちに住んでるのよ――彼女、ノルウェー人と結婚したの。ゲイルはときどき、法的にわたしと離婚して、ノルウェー人のカップルにお金を払ってわたしたちと結婚してもらったら、ふたりとも市民権を得てノルウェーに住める、なんて言ってる。古くさいと言われるかもしれないけど、わたし、偽装結婚のためにお金を払うのは気が引けるわ」

「ええと、じゃあ、ノルウェーで休暇を過ごせるようになるまで生き延びるしかないんじゃない？」わたしは言う。

「そうね」

用心に用心を重ね、わたしたちは初心者向けのルートを選んだ。けれどすぐに、

〝ラフティングの旅〟とは日光浴をしながら流れに身をまかせ、岩に近づいたらオールでその岩を突き、急流が現れるたびに必死で漕ぐ、というのが主な内容であることがわかった。

リタは言っていた以上にバックやトフィーノの家で一緒に暮らした人たちのことを覚えていて、屋根からトランポリンの上に飛びおりたり、酔っ払ってお互いに赤ペンでタトゥーを入れあったりした話を聞かせてくれた。

「それで、赤インクにアレルギーを持つ人がいるってわかったの」彼女が笑いながら続ける。「そんなの、誰も知るわけがないじゃない？」

リタの話はどれもおもしろく、わたしたちがボートを引きずりながらルート終点の川岸に着くころには、わたしは笑いすぎて腹筋が痛くなっていた。

リタは目尻にでき始めた笑いじわから涙をぬぐい、満足そうにため息をついた。

「わたしはなんとか生き延びたおかげで、今もこうして笑っていられる。バックも生き延びているとわかってうれしいわ」彼女がおなかをさする。「世界の狭さを知るたびに、わたしはとても幸せな気持ちになるの。同じ時期に、同じ場所にいたわたしたちが、今はここにいる。人生の分岐点はそれぞれ違うけれど、つながっているって思える。量子もつれの現象とか、そんな感じね」

「わたしも空港にいるといつも同じようなことを考えるわ」わたしは彼女に言う。

「それが、旅が大好きな理由のひとつなの」わたしはためらいながら、長年にわたって染みついた汁のようなこの思いを具体的な言葉にする方法を探した。「子どものころ、わたしはいつもひとりだった。大人になったら故郷を離れて、どこかよその場所で自分と同じような人を見つけるんだと思っていた。それはやれたと思う。でも、誰だって孤独を感じることはあるでしょう？　そうなったら飛行機のチケットを買って、空港に行って――するとどういうわけか、もう孤独だとは思わない。だって人それぞれ事情は違うとしても、みんなどこかへ行こうとしていて、誰かのもとにたどり着くのを待っているんだから」

アレックスはなんとも解釈しようのない目つきでわたしを見た。

「もう、やだ」リタは言った。「あんまりわたしを泣かせないで。妊娠中のホルモンのせいよ。アヤワスカ（幻覚剤）の副作用のほうがまだましだったわ」

別れる前に、リタはわたしたちをひとりずつ、長い時間をかけてハグしてくれた。

「もしあなたがニューヨークに来ることがあったら……」わたしは言った。

「もしあなたが本物のラフティング・トリップをしてみたくなったら、連絡してね」

リタはウインクして言った。

リゾートへと帰る車中ではしばし沈黙が続いた。アレックスが不安そうに眉間にしわを寄せて口を開いた。「きみが孤独だなんて考えたくない」

わたしはさぞ混乱した顔をしていたに違いない。彼はすぐにつけ加えた。「きみが空港に行く理由さ。孤独だって感じたら行きたくなる、って」

「今はもう、そんなに孤独を感じてないわ」わたしは言った。

パーカーとプリンスのグループでテキストメッセージのやり取りをしているし――三人で低予算の『ジョーズ』のミュージカルを観に行く予定だ――両親とは毎週のようにスピーカーフォンで話している。それに、レイチェルもいる。ギレルモと別れたわたしを気遣って、エクササイズやワインバー、ドッグシェルターでのボランティアなどにたびたび誘ってくれるのだ。

アレックスとはかつてのように頻繁に話すことはなくなったけれど、彼は何度も、付箋に手書きしたメモを添えて短編小説を郵送してくれていた。メールで送ることもできるのに、彼はそうせず、わたしは送られてきた原稿を読み終えたあと、それを大事なものをしまっておくことにした靴箱に入れる（ママとパパが持っていたような巨大なプラスチックの箱にすると、未来のわが子が描いたドラゴンの絵と一緒になってしまうので、靴箱にした）。

アレックスの書いたものを読んでいると、わたしは孤独を感じない。付箋を手にして、それを書いた人のことを考えるとき、わたしは孤独を感じない。

「そういうときにきみのそばにいられなかったのが申し訳なくて」アレックスが静か

に言う。その先を続けようと口を開けるが、頭を振り、口を閉じてしまう。リゾートへ戻って駐車場に車を入れたあと、わたしがシートの上で身じろぎしてアレックスのほうに顔を向けると、彼もこちらを見た。

「アレックス……」その先を続けるのには数秒かかった。「あなたに出会ってからは、それほど孤独を感じることはなくなったわ。あなたがいてくれる限り、わたしはこの世界で本当に孤独だと感じることはもうないと思う」

彼の目つきが柔らかくなり、一瞬、しっかりとわたしを見つめた。「ちょっと恥ずかしいことを言ってもいい？」

このときばかりは、冗談や皮肉を言ってやろうなんて頭に浮かびもしなかった。

「なんでもどうぞ」

アレックスはハンドルの上に置いた手をゆっくりと上下に滑らせた。「ぼくはきみに出会うまで、自分が孤独だということをわかっていなかったと思う」彼がまた頭を振る。「家では、母が亡くなって父が倒れてから、とにかくみんなが無事でいてくれることがぼくの望みだった。ぼくは父に必要とされ、弟たちに必要とされる存在でありたかった。学校でも、誰からも必要だと思われたかった。だから冷静で責任感があり、まじめな人間になろうとした。十九歳のときに初めて、ほかの人たちはそんなふうに生きてはいないのかもしれないということに思い当たった。ぼくは自分がこうなろうと思っていたのとは違う人間になってしまったのかもしれない、と。きみに出会ったときは正直言って……最初は、演技だろうと思った。ショッキングな服装に、ショッキングな冗談」

「ちょっと、何が言いたいのよ？」わたしが静かにからかうと、ハチドリの羽ばたきくらいのほんの短い瞬間、彼の口の端に微笑(ほほえ)みが浮かんだ。

「リンフィールドへ戻るあの最初のドライブで、きみはぼくが何を好きで何を嫌いなのか、ありとあらゆることを尋ねてきた。どういうわけか、きみは本当に知りたがっているんだと思えたんだ」

「もちろん、そのとおりよ」わたしは言う。

アレックスがうなずく。「わかってる。きみはぼくに、あなたは何者なのかと尋ねた。そして――その答えはどこからともなく出てきたようだった。ときどき、それまでのぼくなんて存在していなかったように感じるよ。きみがぼくを発明したんじゃないか、って」

わたしは頬が熱くなり、膝を胸元に寄せて座り直した。「わたしはあなたを発明できるほど賢くないわ。そんな賢い人間はいない」

次の言葉を探すアレックスの顎の筋肉がぴくりとした。彼はまずその重みを考えてからでないと言葉を発しない。「ぼくが言いたいのは、きみに出会うまでは誰もぼくのことを本当にわかってはいなかったということだよ、ポピー。そして、たとえ……ぼくたちの関係に変化が生じたとしても、きみはもう決して孤独になることはないんだ、わかった？　これからもいつだってぼくはきみを愛している」

目に涙がこみあげたものの、わたしはまばたきで奇跡的にその涙を押し隠すことができた。安定した明るい声が出せたので、まさか肋骨のなかに手を突っこまれて心臓をつかまれ、秘密にしていた傷を親指で撫でられたところだとは、誰も思いもしなかっただろう。

「わかってる。わたしもあなたを愛しているわ」

それは真実だが、真実のすべてではない。今、アレックスを見ながらわたしが感じている歓喜と痛みと愛と恐怖をとらえられるほど広大で明確な言葉は存在しない。

そんな瞬間が過ぎ去り、旅は続いた。わたしたちの関係は何も変わらなかった。わたしのなかの一部が目覚めてしまったことを除けば。何カ月もの冬眠から目覚めた熊が、もう一秒たりとも飢えを無視できないのと似ていた。

その翌日、旅が終わる二日前、わたしたちはハイキングに出かけ、山道をのぼった。頂上付近で木々の隙間から眼下に広がる紺碧の湖を写真におさめようと道の端に足を踏み入れたところ、わたしは足場を失った。思いっきり足首をひねり、まるで骨が足を突き破って地面に突き刺さるような感覚に襲われ、泥と葉っぱにまみれて悪態をついた。

「じっとして」アレックスがわたしの横にしゃがみこんだ。

最初はほとんど息もできず、わたしは泣きもせずにただあえぐばかりだった。「皮膚から骨が飛びだしてない？」

アレックスは目を落としてわたしの脚を調べた。「いや、ただの捻挫だろう」

「最悪」わたしは痛みの波の下であえいだ。

「必要ならぼくの手を握ってくれ」アレックスの言葉に甘えて、わたしは彼の手をきつく握った。大きな、男らしい彼の手のなかで、わたしの手は小さく、指の節がごつごつと浮きあがっていた。

痛みが和らぐと躁状態が押し寄せた。涙を大量にこぼしながら、わたしは尋ねた。

「わたしの手、スローロリスの手になってない？」

「なんだって？」アレックスは当然のことながら混乱している。心配そうな表情が揺れ動き、咳で笑いをごまかす。「スローロリスの手？」真剣な顔に戻してから繰り返した。

「笑わないでよ！」わたしはすっかり八歳の妹に逆戻りして、声を荒らげた。

「ごめん。大丈夫、スローロリスの手にはなってないよ。というか、スローロリスがなんなのかも知らないけど」

「キツネザルみたいなものよ」わたしは涙ぐみながら言った。

「きみは美しい手をしている、ポピー」彼は必死に努力をして――あんなに必死になったことはなかっただろう――笑みを押し隠そうとしたが、じわじわと、どうしても顔に浮かんでしまい、わたしも泣きながら大笑いする羽目になった。「立ちあがれそうかい？」彼が尋ねる。

「山の下までわたしを転がして帰るわけにはいかないの？」

「それはやめておこう」アレックスが言った。「いったん道から外れたら、ツタウルシの毒でかぶれるかもしれないし」

わたしはため息をついた。「それじゃあ、仕方がないわね」彼が助け起こしてくれるが、稲妻のような痛みが右脚全体に走り、力を入れることができない。わたしはよろよろ歩くのをやめ、また泣き始めた。鼻水が垂れてぐちゃぐちゃになった顔を両手で隠す。

アレックスは両手でゆっくりとわたしの腕をさすってくれていたけれど、かえっていっそう激しく泣かせただけだった。気が動転しているときに人に優しくされると、わたしはいつもこうなってしまう。アレックスは自分の胸にわたしを抱き寄せ、両腕を背中にまわして支えてくれた。

「山をおりるのにヘリコプターか何かを呼んで、ばか高い費用を払わなきゃいけなくなったりするのかしら？」わたしはやっとのことで言った。

「そこまでおおごとにはならないだろう」アレックスが答えた。

「冗談を言っているんじゃないのよ。どうにも脚に力が入らないの」

「だったら、こうしよう。ぼくがきみを抱きあげて、山道をゆっくり、ゆっくり運んでいくよ。途中で何度もおろして休まなきゃならないかもしれないけど。きみはぼくを〝シービスケット（競走馬）〟と呼んだり、耳元で〝もっと速く！〟と叫んだりしないでくれよ」

わたしはアレックスの胸に向かって笑い声をあげ、うなずいて彼のTシャツに濡れたしみを残した。

「そしてもし、これが全部演技で、ぼくが山の下まできみを運べるかどうか試したんだとわかったら、怒りは相当なものだぞ」

「十段階ならどれくらい？」わたしは後ろにそり返って彼の顔を見た。

「少なくとも、七は行くだろうな」アレックスが言った。

「あなたって本当にすてきね」

「バターたっぷりであたたかくて完璧、って？」彼はからかい、両脚を広げて立った。

「用意はいいかい？」

「いいわ」わたしが答えると、アレックス・ニルソンはわたしを抱きかかえ、えっちらおっちら山をおりていった。

やっぱり、あり得ない。こんなわたしが彼を発明するなんて、できるはずもないのだ。

22

今年の夏

水のボトルを二本飲み干し、ラクダのぬいぐるみだらけの動物園のギフトショップで四十分休んですっかり元気を取り戻したわたしたちは、次なる目的地へと出発した。〈カバゾン・ダイナソーズ〉はその名のとおり、二体の巨大な恐竜（ダイナソー）がカリフォルニアの荒野を貫くハイウェイ脇に突然出現するという場所だった。

とあるテーマパーク設計者が商売繁盛を願って道路沿いのダイナーに鉄の怪物たちを作りあげ、彼の死後、その土地はあるグループに売却され、恐竜の尾のなかに創造博物館とギフトショップが設置された。

そこは車で通り過ぎたときに、もののついでに立ち寄ってみようかと思わせる場所だった。また、一日を何かしらの予定で埋めたくて仕方がないときに、わざわざ車を走らせてみようかと思わせるような場所でもあった。

「なるほど」車からおりると、アレックスが言った。ほこりまみれのTレックスとブロントサウルスがわたしたちの頭上にそびえ、その下の砂地にはトゲトゲのヤシの木とぼさぼさの茂みが点在している。時間と太陽光によって、恐竜たちの色はほとんど失われている。まるで何千年ものあいだ、この場所と厳しい日差しのなかを歩き続けてきたかのように。

「まさに、なるほど、って感じね」わたしは同意する。

「写真を撮るべきかな？」アレックスが言う。

「絶対そうよ」

彼は携帯電話を取りだし、わたしが恐竜たちの前でポーズを決めるのを待つ。インスタ映えしそうな、いかにもな写真を二、三枚撮ったあと、わたしは彼を笑わせようとジャンプしたり、腕を振りまわしたりし始めた。

アレックスは微笑んだけれど、まだ少し具合が悪そうだったので、わたしは日陰に入ったほうがよさそうだと判断した。わたしたちは敷地内をぶらぶらと歩き、二体の恐竜を囲む茂みのなかに配置されたもっと小さめの恐竜たちとも写真を撮った。それから階段をあがってギフトショップをのぞいた。

「恐竜のなかにいるとは思えないな」アレックスは冗談めかして言った。

「そうよね。巨大な脊椎(せきつい)骨はどこ？　血管や尾の筋肉はどこへ行ったの？」

「これじゃ、Yelp（イェルプ）のレビューでいい点がもらえそうにないな」アレックスがつぶやく。わたしは笑ったが、彼はそれ以上話に乗ってこなかった。わたしはふいに、この店のエアコンの効きが悪いことに気づいた。動物園のギフトショップの比ではない。ニコライの地獄へ戻ったみたいだ。

「ここはもう出たほうがいいんじゃない？」わたしは尋ねた。

「ああ、そうだね」アレックスはそう答えて、手にしていた恐竜のフィギュアを棚に戻した。

携帯電話で時間を確かめる。まだ午後四時だというのに、今日予定していたことはすべて終わってしまった。メモアプリを開き、ほかにやるべきことがないか、リストにざっと目を通す。

「オーケイ」わたしは不安を隠そうとして言った。「わかったわ、行きましょう」

〈ムアテン植物園〉は屋外だが、鋼鉄製の恐竜のなかにあるギフトショップよりは冷房設備が整っているはずだ。

ただ、営業時間を確認しようと思わなかったため、わざわざ車で行ったのに着いてみると閉まっていた。「夏期は一時で閉園？」わたしは信じられない思いで看板を読んだ。

「この危険なほどの暑さと関係があるのかな？」アレックスが言う。

「オーケイ」わたしはなんとか答えた。「オーケイ」

「もしかしたら、おとなしく帰ったほうがいいんじゃないかな」アレックスがさらに続ける。「ニコライがエアコンを直してくれたかもしれないし」

「まだだめよ」わたしは必死だった。「ほかにもやりたいことがあるの」

「わかった」そう言って車へ戻ったあと、運転席のドアから彼を追い払おうとするわたしに、アレックスが尋ねる。「なんのつもりだい？」

「ここはわたしが運転しなくちゃ」

彼は片方の眉を吊りあげながらも、助手席に乗りこんだ。わたしはGPSアプリを開き、『ガイドなしでまわれるパームスプリングスの建築物ツアー』というリストの一番上に書かれた住所を打ちこむ。

「ここは……ホテルだね」アレックスが混乱した面持ちで言った。わたしたちの車が停まったのは、敷石の壁板とオレンジ色の縁取りがされた看板が目立つファンキーな角張った建物の前だった。

「デル・マルコス・ホテルよ」わたしは言った。

「なかにまた鋼鉄製の恐竜でもいるのか？」彼が尋ねる。

わたしは眉をひそめた。「それはないと思うわ。でもこのあたり一帯は、有名なテニスクラブも近くにあるんだけど、ものすごくすばらしい建築物の宝庫らしいの」

「ほほう」感激ぶりを表すのに、それが精いっぱいという様子で彼は言う。

胃が重たく沈むのを感じながら、わたしは次の住所を打ちこんだ。わたしたちは二時間ほど車で走りまわった。途中の安い店で夕食をとり（冷房に当たりたいがためにそこでの滞在は一時間引き延ばされた）、停めてあった車へ戻ると、アレックスが運転席に乗りこもうとしたわたしをさえぎった。「ポピー」彼は懇願するように言った。

「アレックス」わたしも言い返す。

「きみが運転したいならすればいい。でも、ぼくはちょっと車酔いしそうだし、今日はもうこれ以上、見知らぬ他人の豪邸を見学するのは耐えられない気がする」

「でも、あなたは建築が好きでしょ」わたしは哀れっぽく訴えた。

彼は眉をひそめ、目を細める。「ぼくが……なんだって？」

「ニューオーリンズでは、あなたはそこらじゅうの窓を指差しながら歩いていたわ。わたし、あなたはてっきりこういうのが大好きなんだと思ってた」

「窓を指差しながら、だって？」

わたしは両腕を体の脇に投げだした。「知らないわよ！　あなたはまるで……建物を見て歩くのが大好きって感じだったわ！」

アレックスは疲れきった笑い声をあげた。「きみが言うのならそうなんだろう。もしかしたら建物が大好きなのかもしれない。よくわからないけど。ただ、ぼくは……

とにかく疲れていて、暑いんだ」

わたしはあわててハンドバッグから携帯電話を取りだす。ニコライからの連絡はまだない。あの部屋には戻れない。「それなら、航空博物館はどう?」

わたしが目をあげると、彼は首をかしげて目を細めたまま、しげしげとわたしを見ている。無造作に髪をかきあげ、一瞬目をそらしたが、腰に手を当てて言った。「もう七時だよ、ポピー。博物館は終わっているんじゃないかな」

わたしはしょんぼりして、ため息をつく。「そうよね」わたしは助手席に乗りこみ、アレックスが車を発進させると、敗北感に打ちひしがれた。

車は二十五キロほど走ったところでパンクした。

「もう、嘘でしょ」わたしはうなり、アレックスは道路脇に車を停めた。

「スペアのタイヤがあるはずだ」彼は言う。

「タイヤ交換のやり方を知ってるの?」わたしは尋ねた。

「ああ。方法は知ってる」

「さすが、家持ちの人は違うわね」おどけた調子で言ったつもりだったが、結果、とことん不機嫌に聞こえてしまった。わたしの声はいつもこんな感じだ。アレックスはそのコメントを無視して、車からおりた。

「何か手伝う?」ひとまずそう尋ねてみる。

「ライトで照らしてくれるとありがたいかな」彼が答えた。「外はかなり暗くなってきたから」

わたしはアレックスのあとについて車の後部へ向かった。彼はハッチバックドアを開け、マットを動かして悪態をついた。「スペアタイヤがない」

「この車はわたしたちを破滅させたいみたいね」わたしはそう言って車の脇を蹴る。「この子に新しいタイヤを買ってあげなきゃいけないの?」

アレックスがため息をつき、鼻筋をこする。「それは折半にしよう」

「違うのよ、そんなことが言いたかったんじゃなくて」

「わかってる」アレックスはいらだっていた。「でも、きみに全額負担させる気はないよ」

「それで、わたしたちはどうすればいいの?」

「レッカー車を呼ばないと」彼が言う。「今日はタクシーで帰って、あとは明日考えよう」

というわけで、わたしたちは電話をかけ、レッカー車が到着するまで車の後部で黙って待つことにした。両腕に裸の女性のタトゥーを入れたスタンという男性が運転するレッカー車の前方の席に座らせてもらって店まで行く。何枚かの書類にサインをし、タクシーを呼ぶ。車が来るまで外で立って待つ。

マーラという女性が運転する車に乗りこむと、アレックスは声をひそめて言った。
「彼女、デラロにそっくりだ」少なくともそれには笑えた。そしてそのあと、マーラのアプリが壊れ、彼女は道に迷った。十七分で着くはずが、わたしたちの目の前で予定所要時間が二十九分に延びた。もう誰も笑わなかった。誰も何も言わず、物音もたてなかった。

ようやくデザート・ローズまであと少しのところまで来た。外は真っ暗で、頭上に輝く星々はきっとすばらしいに違いない。わたしたちがマーラの運転する小型車キア・リオの後部に閉じこめられ、彼女が車中に振りまいたと思(おぼ)しきバス&ボディ・ワークス社の甘ったるいスプレーを胸いっぱいに吸いこんでさえいなければ。

デザート・ローズの五百メートル手前で車が急停止したときには、わたしはほとんど泣きそうだった。

「きっと事故で道がふさがれているのよ」マーラは言う。「でなければ、こんなに渋滞するわけがないもの」

「歩きたい?」アレックスがわたしに尋ねる。

「歩かない理由がないでしょう」わたしは言い、ふたりでマーラの車をおりると、彼女が何度も細かく切り返して車をUターンさせるのを見送り、路肩を歩いてデザート・ローズへと向かう。

「今夜はあのプールに入るぞ」アレックスが言った。

「たぶん、もう閉まってるわよ」わたしは低い声で応じた。

「フェンスをよじのぼってでも入ってやるさ」

疲れているなかで思わずこみあげた笑いがわたしの胸を震わせる。「わかった。わたしも一緒に入る」

23

五年前の夏

サニベル島で過ごす最後の夜、わたしは目を開けたまま横たわり、屋根にぶつかる雨音を聞きながら、この一週間を頭のなかでリプレイした。それはまるで、濃いもやがかかり、絶えず波打つきらめきを透かして手を伸ばそうとすると、またたく間に消えてしまうほんの一秒という時間をつかまえようとするようなものだった。

嵐の海岸が見える。『トワイライト・ゾーン』のテレビ・シリーズを見続けるうちに、アレックスとわたしはソファでうたた寝していた。シーフード料理店では、サラとの破局について、アレックスが悲惨なその詳細をやっと語ってくれた——サラは彼とつきあっていても、図書館で出会ったころ以上にどきどきすることがないと言って彼を振り、三週間のヨガ静養（リトリート）に出かけてしまったらしい。だからわたしは、そんなにどきどきしたいなら、喜んでサラの車をキーで引っかいてやるのに、と言った。わたしの記憶はもっと先まで飛んで、〈BAR〉という名のバーにやってきた。床がべとべとしていて、天井の扇風機はほこりまみれだった。トイレから出てきたわたしは、バーで本を読んでいる彼を見つけた。胸が張り裂けそうなほどの愛を感じ、サラを失った彼の悲しみをまぎらわせてあげたくて、声をかけた。「ねえ、タイガー」

それからまた時は移り、土砂降りのなかをふたりで〈BAR〉から車まで走った瞬間がよみがえる。そして、車軸を流すような激しい雨に打たれながら水浸しになったバンガローに戻るまで、窓ガラスをこするワイパーの音に耳を傾けていた。

わたしはあの瞬間へと近づいている。まるで床の上で躍っている反射光にすぎないかのように、何度手を伸ばしても空振りに終わってつかめないでいるあの瞬間へ。

アレックスが一緒に写真を撮ろうと言い、カウント3ではなくカウント2でフラッシュを焚(た)いてわたしを驚かせた。ふたりとも窒息しそうなほど笑い、写真のひどい出来にうめき、削除するかどうかで議論し、アレックスはわたしが全然そんなふうには見えないと約束し、わたしも彼に同じことを言った。

それから彼がこう言うのだ。「来年はどこか寒いところにしよう」

わたしはその提案に同意した。

そして、あの瞬間がやってくる。わたしの指をすり抜けてしまってつかめない、一時停止もスロー再生もできず、リプレイしたその場で人生ががらりと変わる、あの瞬間。

わたしたちはただ、見つめあっている。この瞬間の始まりと終わりをはっきり示す目印はない。何百万もの同じような瞬間と区別できるようなものは何もない。けれど、この瞬間だ。これが、わたしが初めてこう思った瞬間だった。

わたしはあなたに恋をしている。

それは恐ろしい、おそらく真実ですらない考えだ。楽しむには危険すぎる。わたしはその想いを手放し、それが消えていくのを見守ることにした。

でも手のひらの真ん中には、一度はそれを握った証として、焼け焦げた小さな点々が残っていた。

24

今年の夏

アパートメントは地獄と化していて、ニコライが様子を見に来た気配もなかった。わたしはバスルームでビキニとぶかぶかのTシャツに着替えてから、進捗状況の報告を求める怒りのメールを送った。

リビングで着替えたアレックスがドアをノックし、わたしたちはタオルを手にプールへと向かった。まずはゲートをこっそりチェックする。「施錠されている」アレックスがそう確認したとき、わたしはもっと大きな問題に気づいてしまった。

「サ・イ・ア・ク」

彼も目をあげ、それを見た。プールは空っぽのコンクリートの箱になっていた。

わたしたちの後ろで、誰かが息をのんだ。「ほら、あなた、言ったでしょ、あれはこのふたりだって！」

アレックスとわたしがぱっと振り向くと、日焼けした中年のカップルが飛び跳ねるようにして近づいてくるところだった。赤毛の女性は白いカプリパンツにコルクヒールのきらきらしたサンダルを履き、その横にいる首の太い男性は坊主頭の後ろにバランスよくサングラスをのせている。

「きみの勘が当たったな、ベイビー」男性が言う。

「新婚さーーーん！」女性は歌うように言い、わたしを抱きしめた。「あなたたちもスプリングスに向かっているって、どうして教えてくれなかったの？」

それでやっと彼らが誰なのか思いだした。ロサンゼルス空港（LAX）からのタクシーに相乗りしたＷｉｆｅｙ（ワィフィ）とＨｕｂｂｙ（ハビィ）だ。

「驚いたな」アレックスが言った。「調子はどうですか？」

女性は蛍光オレンジ色の爪をわたしから離し、ひらひらと手を振った。「あら、わかるでしょ。こんなくだらないことになるまでは万事順調だったわ。このプールのことよ」

夫がうめいて同意を示す。

「何があったんです？」わたしは尋ねた。

「どこかの子どもがプールのなかで下痢をしたの！　それも、たぶんだけど大量に！　だって、水を全部抜かなくちゃならなかったくらいですもの。でも、明日にはまた使えるようになるそうよ」ワイフィが顔をしかめる。「もっとも、わたしたちは明日はジョシュアツリー国立公園に行ってしまうのだけれど」

「あら、すてきですね！」本当は魂が体の虚ろな殻のなかで静かに縮こまっているようなときに、明るく元気な声を出すのは大変だ。

「無料宿泊券が当たったのよ」ワイフィがウインクしてみせる。「わたしはついてるわ」

「間違いない」ハビィが言う。

「それだけじゃないの！」ワイフィは話を続けた。「数年前には宝くじが当たったし――何兆ドルっていうような大当たりではなかったけれどね。でも、それ以来、くじや懸賞、コンテストの類にはなんでもかんでも当たっちゃうのよ！」

「すごいですね」アレックスは言ったが、彼の魂もしぼんでしまったと思わせる声だった。

「それはともかく！　あとはラブラブなおふたりにおまかせするわ」ワイフィがまたウインクした。あるいは、つけまつげがくっついてしまっただけかもしれない。「とにかく、わたしたちが同じ場所に泊まっていたなんて、なんとも奇妙な幸運よね。信じられない！」

「幸運か」アレックスが言う。まるで不運に見舞われてトランス状態に陥っているかのような声だ。「ええ、まあ」

「世間って狭いのね。そう思わない？」ワイフィが言う。

「そうですね」わたしは同意した。

「とにかく、あなたたちも最後まで旅を楽しんでね！」ワイフィはわたしとアレックスの肩をそれぞれ強く抱き、ハビィはうなずいて、ふたりで去っていった。わたしたちは空っぽのプールの前に取り残されて突っ立っていた。

三秒ほど沈黙したのち、わたしは言った。「ニコライにもう一度電話してみる」

アレックスは何も言わなかった。わたしたちは部屋に戻った。三十二度。比喩ではなく、文字どおり三十二度の暑さだ。バスルームの明かりだけつけて、ほかを消す。あとひとつでも電球をつけたら室温は三十七度くらいまであがるかもしれない。

アレックスはみじめな顔をして部屋の真ん中に立っていた。暑すぎて、どこにも座りたくないし、何にも手を触れたくなかった。空気はいつもと違って、板のように硬く感じられた。わたしは歩きまわりながらニコライに何度も電話をかけた。

四度目に彼が着信拒否したとき、わたしは叫び声をあげ、ハサミを取りに簡易キッチンへと突進した。

「何をする気だ？」アレックスが尋ねた。わたしはただバルコニーに突撃し、ビニールシートをハサミで刺した。「そんなことをしてもどうにもならないよ」彼は言う。

「今夜は外もなかも変わらないくらい暑い」

だが、理屈はどうでもいい。わたしはビニールシートを切り刻み、ぼろぼろになった巨大な帯を次々に切り落とし、地面へ投げ捨てた。ついにバルコニーの半分が夜気にさらされるようになったが、アレックスの言ったとおりだ。そんなことをしてもどうにもならなかった。

暑すぎて溶けてしまいそうだった。わたしは室内へ戻り、冷たい水を顔にかけた。

「ポピー、ホテルに泊まろう」アレックスが言う。

いらだちのあまり言葉も出ず、わたしは首を横に振った。

「そうするしかないよ」

「こんなはずじゃなかったのよ」わたしは噛みつくように言う。突然、目の奥がずきずきと痛みだした。

「なんの話?」

「前みたいにやれるはずだったのに! わたしたちなら経費を安く抑えて、苦難だって乗り越えてうまくやれるはずだったのに」

「これまでたくさんの苦難を乗り越えてきたじゃないか」アレックスは主張した。

「ホテルに泊まるにはお金がかかるのよ! それに、あの最低な車に新しいタイヤを履かせるのに、もう二百ドルも出費がかさんでいるわ!」

「もっとお金がかかるものがあるんだけど、何か知ってるかい？　病院だ！　このまま ここにいたら、ぼくらは死んでしまうよ」

「こんなはずじゃなかったのよ！」わたしは壊れたレコードのように叫んだ。

「こうなってしまったんだから仕方ないだろう！」アレックスも吠えた。

「わたしはただ、前みたいにやりたかっただけなの」

「それはもう無理なんだよ！」彼がぴしゃりと言い返す。「もうあのころには戻れないんだ。わかるかい？　前とは状況が違うし、それを変えることはできない。だから、もうやめてくれ！　この友情を無理やり以前と同じものにしようとするのはやめてくれ——そんなことはできないんだから！　ぼくらはもう昔とは違う。何も変わってないふりをするのはやめてくれ！」

アレックスの声が途切れた。目は暗く翳り、顎はこわばっている。

わたしの視界が涙でぼやけた。暗い部屋で黙って向かいあい、荒い息をつきながら立っていると、胸が真っぷたつに切り裂かれるような感覚に襲われる。

その静寂をかき乱すものがあった。遠くで、低くごろごろと音がしている。それから、ぽたぽたぽたたという静かな音。

「聞いたか？」アレックスの声がわずかにかすれている。

わたしは曖昧にうなずいた。そのとき、またごろごろという音が轟いた。わたしたちは目を見開き、お互いを見つめた。ふたりでバルコニーの端に駆け寄った。

「なんてこと」わたしは降りだした雨を受け止めようと両腕を広げた。笑いだしたわたしに、アレックスが近づいてくる。

「ほら」彼はビニールシートの残りをつかみ、破り始めた。わたしはカフェテーブルからハサミを持ってきて、ふたりしてビニールシートを肩にかけながら切り刻んでいった。大雨が降り注ぎ、わたしたちは頭をのけぞらせて雨に洗われるがままに立ち尽くした。また笑いがこみあげてくる。アレックスのほうを見やると、彼もわたしを見ていた。満面に広がった彼の笑みは、心臓が二度打つあいだに心配そうな表情へと変わった。

「ごめん」彼の声は雨にかき消されて聞き取りにくかった。「ぼくはただ……」

「あなたの言いたいことはわかってる。あなたは正しかった。わたしたちはもうもとには戻れない」

アレックスが唇を噛んだ。「つまり……きみは本当にそれを望んでいるのかい？」

「わたしが望んでいるのは、ただ……」わたしは肩をすくめた。

あなた、だと思う。

あなたよ。

あなた。

あなた。さあ、言うのよ。

わたしは頭を振った。「またあなたを失うのだけは嫌」わたしは彼のほうへと進む。アレックスがわたしのほうに手を伸ばし、わたしは抱きあげられるまま爪先立ちになり、彼の濡れたTシャツに体を押しつける。アレックスがわたしの首に顔をうずめる。わたしのTシャツもずぶ濡れで体に張りついている。わたしは両腕をアレックスのウエストにまわし、彼の手がわたしの背中を滑っていき水着の結び目をつかむ感触に震える。

一日汗をかいたあとなのに、アレックスはいいにおいがして、手触りもいい。砂漠の雨に打たれてどっと安堵したのもあって、わたしは頭が軽くなり、めまいがして、遠慮を忘れた。両手が彼の首筋をかすめ、髪のなかへと滑りこむ。アレックスはわたしの顔が見えるくらいのけぞったものの、ふたりとも離れようとはしなかった。緊張と不安が彼の顔から消え、わたしの体からもまるで蒸気のように消えていった。

「きみがぼくを失うなんて、あり得ない」アレックスが言う。「きみがぼくを必要としている限り、そばにいる」

わたしは喉の奥のかたまりをのみこんだが、それは次々とこみあげてきた。その言葉を心にとどめておこうとした。それを口にするのは間違いなのでは？　わたしたちはなんでも言いあってきたけれど、口にせずにはいられないこともあれば、言ってしまえばおしまいということもある。

アレックスの手がわたしの目の前に垂れた髪をどかし、それを耳の後ろにかける。喉の奥のかたまりが溶けたように思えて、わたしはずっと息をするのをこらえていたみたいに、真実を口から吐きだした。

「わたしはいつだってあなたがほしいの、アレックス」わたしはささやく。「いつだって」

薄明かりのなかで、彼の目がまるで輝いているように見える。口元をゆるめ、前かがみになってわたしの額に額を押しつけている。わたしは全身が重くなるのを感じた。まるで欲望が重たい毛布となって四方から体に押しつけられたみたいに。アレックスの手は太陽の光のように優しくわたしの肌を撫でている。彼の鼻がわたしの鼻の横を滑るように通り、ほんの数センチの距離をはさんで不安げな唇と唇が脈を打つ。

もっともらしい理由をつけて、最後の距離を縮めることなくこの瞬間をやり過ごすチャンスはまだある。けれど、アレックスの不安定な息遣いに耳を傾け、彼の唇が離れては近づき、ためらいながらわたしに引き寄せられるのを感じると、これを終わらせようとしていた理由をすっかり忘れてしまった。

わたしたちは磁石のようだ。用心深く距離を取りながらも、同じ力で引きあってい

る。彼の手がわたしの顎をかすめて慎重に角度を変え、鼻と鼻が微妙にこすれあって
ふたりのあいだの隙間が縮まり、開かれた口がふたりのあいだの空気を味わう。
アレックスの息がささやきとなってわたしの下唇に語りかける。わたしは震えなが
ら息を吸いこむたびに、彼をもっと近くへと引き寄せようとした。〝こんなふうにな
るはずじゃなかったのに〟とぼんやりした頭で考えた。
でも、今度はもっと大きな声が心のなかにこだまする。〝こうなるべきだったのよ〟
〝こうなるべきだった〟
〝今まさにこうなっているみたいに〟

25

四年前の夏

この年はいつもとは違う年になりそうだった。『レスト+リラクゼーション』誌で働き始めて半年経っていた。そのあいだにわたしが行ったのは……。

マラケシュ、カサブランカ。

マーティンボロ、クイーンズタウン。

サンチアゴ、イースター島。

もちろん、行けと言われればアメリカじゅうのどんな場所へも行った。

そういった旅はかつてアレックスと楽しんでいたものとはまるで違っていたが、彼との夏旅行(ザ・サマー・トリップ)と仕事の出張を組みあわせることを提案したときのわたしは、そのことを軽く考えていたのかもしれない。わたしたちのいつものみすぼらしい荷物を手に最初のリゾートに到着し、シャンパンでもてなされることになった彼の反応を見たかったのだ。

スウェーデンに四日間。ノルウェーに四日間。

今の時期なら寒いというほどではなく、涼しく過ごせるはずだ。ラフティング・ガイドのリタの義妹に連絡を取ってからというもの、彼女は毎週のようにメールでオスロ観光のおすすめを提案してくれていた。リタと違って、ダニはコンピューター並みの記憶力の持ち主だ。自分が行ったおいしいレストランは全部覚えていて、何を注文すべきかも事細かく教えてくれる。あるメールでは、あちこちの峡湾（フィヨルド）をさまざまな基準（美しさ、混み具合、大きさ、行きやすさ、そこまでの道中の美しさ）でランク付けしていた。

リタからダニの連絡先を教えてもらったとき、わたしはせいぜい特定国立公園のリストとバーを二、三軒教えてもらえればありがたいくらいにしか思っていなかった。そしてダニは、最初のメールでその期待に応えてくれた。しかしその後も〝これを体験せずには帰れない！〟ということを思いつくたび、メッセージを送ってきた。

ダニは感嘆符をたくさん使う。普通、人は友好的でまったく怒ってはいないことを示そうとして感嘆符を使うものだが、彼女の文章はひとつひとつが命令文のように読める。

〈アクアヴィットは絶対飲むべきよ！〉

〈常温で飲むのがおすすめ、ビールと一緒だとなおよし！〉

〈常温にしたアクアヴィットをヴァイキング船の博物館への道中で楽しんで！　これは絶対に忘れちゃだめ！〉

新しいメールのひとつひとつがわたしの心に感嘆符を焼きつける。彼女がすべてのメールにキスとハグを表す〝ＸＯＸＯ〟のサインをつけていなければ、わたしはダニに会うのが怖くなっていただろう。だが、そのサインが彼女の愛すべき人柄を示しているようで、わたしたちはきっと彼女を大好きになるだろうという確信がわたしにはあった。あるいは、わたしは彼女を大好きになって、アレックスは怖がるかもしれないけれど。

いずれにせよ、人生でこれほど旅行が待ち遠しいと思ったことはなかった。スウェーデンにはすべてが氷で作られたホテルがあり、その名を（理由は謎だが）アイスホテルという。アレックスとわたしが自腹で行くことなど考えられないようなホテルだ。スワプナにアイデアを提出する編集会議まで、わたしは午前中ずっとデスクで大汗をかいていた。普通の汗ではなく、不安からくるひどい悪臭のする汗だ。また暑いビーチサイドでバケーションを過ごそうと言ってもアレックスはつきあってくれるだろうが、アイスホテルのことを知ったときから、これこそ彼への完璧なサプライズになると思っていた。

わたしがこの記事を〝夏のクールダウン〟特集として売り込むと、スワプナは賛成するかのように目を輝かせた。

「インスパイアされるわ」彼女が言うと、ほかのベテランスタッフたちも口々に感想を言いあった。わたしは働き始めてまだ日が浅く、スワプナがその言葉を使ったのを聞くのは初めてだったが、彼女がトレンドについてどう思っているかは知っている。つまり、〝インスパイアされる〟という言葉はスワプナの頭のなかでは〝トレンディ〟の対義語なのだろう、とわたしは理解した。

編集長のゴーサインが出たので、わたしは晴れて贅沢にお金を使えることになった。アレックスの食事代や航空券、ヴァイキング博物館の入場料まで賄うわけにはいかないけれど、『R＋R』の名のもとに旅をしていると、普通だと入れないようなところまで入れたり、注文していないシャンパンのボトルがさりげなくテーブルに運ばれてきたり、シェフが〝ちょっとしたおまけ〟を出してくれたりすることがあって、人生が少しだけ輝きを増すのだ。

旅に同行するフォトグラファーが誰かというのも問題だが、これまで一緒に仕事をした人たちはみな、愉快とまではいかなくても感じがよく、わたしと同じくらい自立心のある人ばかりだった。会って、撮影して、別れる。今度組むことになる新入りのフォトグラファーとは、これまで一緒に仕事をしたことはなかったものの――オフィスに顔を出す日もいつも入れ違っていた――もうひとりの新しいスタッフのギャレットが、新入りフォトグラファーのトレイは最高だと言っていたので心配はしていなかった。

旅行までの数週間、アレックスとわたしはひっきりなしにメールをやり取りしていたが、旅行そのものについては何も話さなかった。彼には、わたしにすべてまかせて、これはサプライズだと言ってあったのだ。自分に主導権がないことにいらだっていたとしても、彼は何も文句を言わなかった。

その代わりに、アレックスは飼っている小さな黒猫、フラナリー・オコナーのことを書いてきた。彼女が靴や食器棚のなかにおさまっているところや、本棚の上に寝そべっているところなどの写真が送られてきた。

〈彼女を見ていると、きみを思いだす〉

〈爪があるから?〉ときどきそんなメッセージを添える彼に、わたしは尋ねる。〈それとも牙? 蚤のせいかしら?〉

わたしがどんな比較を誘いだそうとしても、彼はただ〈小さな戦士だから〉とだけ書いてくる。

それはわたしをときめかせ、あたたかい気持ちにさせる。スウェットシャツのフードをわたしの頭にかぶせ、肌寒い暗がりのなかでわたしを見てにやりと笑い、〝かわいい〟とつぶやいた彼のことを思いだす。

出発まであと一週間となったころ、わたしはひどい風邪をひいたか、夏特有のアレルギー発作を起こしたかで、過去一番の重い症状に悩まされることになった。鼻はずっと詰まっているし、鼻水は出るし、喉はいがいがするし、味覚はおかしくなるし、頭は重いし、といった具合だ。それに毎朝、一日が始まる前にもう疲れきっている。けれど熱はなく、救急外来に行っても溶連菌感染症ではないと言われて終わり。旅行前に片づけなければならないことが山ほどあり、咳きこみながらそれをこなした。

出発の三日前、アレックスがサラとよりを戻したので、わたしとはもう旅行に行けないと言ってくる夢を見た。

目が覚めると胃の具合がおかしかった。一日じゅう、その夢を頭から追いだそうと必死だった。午後二時半、アレックスがフラナリーの写真を送ってきた。

〈サラが恋しい?〉わたしは返信した。

〈ときどきはね。でも、それほどでもない〉

〈どうか、わたしたちの旅行をキャンセルしないで〉朝方に見た夢があまりにリアルで、心をかき乱されていたせいで思わず送ってしまった。

〈どうしてぼくが旅行をキャンセルすると思うんだい?〉

〈さあ、どうしてかしら。ただ、あなたがそう言いだすんじゃないかとずっとヒヤヒ

ヤしているの〉

〈ぼくにとってザ・サマー・トリップは一年のハイライトだよ〉

〈わたしもそうよ〉

〈今やきみは年がら年じゅう旅をしているのに？　飽きたりしないの？〉

〈旅に飽きるなんてあり得ないわ。とにかくキャンセルだけはしないでね〉

アレックスはすでに荷造りを終えたスーツケースのなかに座っているフラナリー・オコナーの写真を送ってきた。

〈小さな戦士ね〉

〈そう、ぼくの大好きな〉猫のことを言っているのだとわかっていても、わたしの肌の下であのときめきとあたたかな気持ちがよみがえる。

〈あなたに会うのが待ちきれないわ〉そう送ってから、こんなことを言うのは大胆で、リスキーでさえあると感じる。

〈わかってる〉彼もそう書いてくる。〈ぼくもそのことしか考えられない〉

その晩、わたしは何時間もベッドに横になったまま、なかなか寝つけなかった。頭のなかをぐるぐるとアレックスの言葉が駆けめぐり、熱に浮かされているように感じた。

翌朝起きると、本当に発熱していたのだと気づいた。その熱はまだ引いていないし、喉はさらに腫れて前よりもっと痛くなっている。頭はずきずきするし、胸は重く、脚も痛み、何枚毛布を重ねても寒気がした。

翌日午後のフライトまでに治ることを期待して寝たが、夜遅くになって、飛行機に乗るのは無理だと悟った。熱は三十八度を超えていた。

すでにいろいろなことを予約済みで、早くキャンセルしないと払い戻しができなくなってしまう。わたしは毛布にくるまって震えながら携帯電話でスワプナにメールを打ち、状況を説明した。

どうすればいいかわからない。これでクビになるかもしれないと思うと不安だった。恐怖で固まっていなかったら、泣いていたかもしれない。

〈朝一番で医者に診てもらってきなよ〉わたしは返信した。〈あなたは予定どおりに飛行機に乗って。〈熱は今がピークかも〉アレックスがそう送ってきた。

わたしは二日くらい遅れて追いかけていけるかもしれないから〉

〈風邪をひいてからずいぶん経ってるのに、まだ熱がそんなにあるなんておかしいよ。頼むから医者に診てもらってくれ、ポピー〉

〈わかった、そうする。ごめんなさい〉

そして、わたしは本当に泣いた。この旅に行けなかったら、アレックスとは一年会えなくなる可能性が高いからだ。彼は修士課程と教える仕事でとても忙しいし、わたしは『R＋R』で働くようになってから、ろくに家にいない。リンフィールドへ帰ることもほとんどない。今年のクリスマスにはちゃんと家にいてくれるようにパパを説得したのよ、と母は興奮して話していた。兄たちも一日か二日は家へ戻ることに同意していた。カリフォルニアに引っ越したら（パーカーはロサンゼルスのテレビ業界の放送作家志望で、プリンスはサンフランシスコでビデオゲームの開発をしている）、まるでアパートメントの賃貸契約にサインすると同時にふたつの州が宿命のライバルになったかのごとく、絶対に実家には帰らないと宣言していたあの兄たちでさえも、だ。

病気になるといつも、わたしはここがリンフィールドだったらいいのにと思ってしまう。壁にヴィンテージの旅行のポスターが貼られた子ども部屋で横になって、母がわたしを身ごもっていたときに作ってくれた淡いピンクのキルトを顎のところまできっちり引きあげて眠りたい。母がスープと体温計を持ってきて、わたしがちゃんと水分を補給しているかチェックし、解熱剤をのませてくれたらいいのに。

今だけはミニマリスト的な自分のアパートメントが嫌になった。四六時中窓の外から聞こえてくる街の音が嫌いになった。自分で選んだソフトグレーのリネンの寝具も、パパが言うところの〝ビッグガールの仕事〟に就いてから集め始めた最新型のデンマーク家具の模造品も、今は見たくなかった。

わたしはこまごましたものに囲まれていたい。格子縞のソファの背にざっくりしたアフガンのブランケットをかけ、柄が不揃いなクッションと花柄のランプシェードを置きたい。古いオフホワイトの冷蔵庫には、ガトリンバーグやキングスアイランドやビーチ・ウォーターパークで買ってきたダサいマグネットとか、わたしが子どものころに描いた絵とか、フラッシュで白光りしている家族写真を貼りたい。おむつをした猫がこっそり通り過ぎようとして、前が見えていなくてうっかり壁に激突するところを眺めていたい。

ひとりでいたくない。息をするのにさえ苦労する、こんな状態はもう嫌だ。

午前五時、スワプナから返信メールが届いた。

〈こんなのよくあることよ。自分を責めないで。でも、払い戻しについてはあなたの言うとおりね。予約済みの宿泊施設を友人に使わせたいと思ったら、遠慮なくそうして。旅程表をわたしに再送してくれたら、トレイを撮影に行かせます。あなたは元気になったら追いかけてもいいし。

それに、ポピー、またこういうことが起きても（いつかはきっと起こるわ）、そんなに謝らなくていいからね。あなたの免疫力が誰よりも優れているというわけではないし、言っておくけど、同僚の男性陣が旅行をキャンセルしなければならなくなったときわたしに申し訳ないと思っているそぶりなんて見せる人はひとりもいなかったわ。あなたの力が及ばないことであなたを責めるような人は放っておいていい。あなたはすばらしいスタッフよ。一緒に仕事ができて、わたしたちは幸運だと思っています。

さあ、病院へ行って、本当の意味でのレスト＋リラクゼーションを楽しんで。あなたが回復したら次のステップについて話しましょう〉

部屋全体がもやに覆われているようで、ただそこにいるだけで極度の不快感に襲われていなければ、もっとほっとできたかもしれない。

わたしはそのメールのスクリーンショットをアレックスに送った。〈行って、楽しんできて！　旅の後半には会えるようにするわ！〉

そのころにはベッドから出ることを考えただけでめまいがするようになっていた。わたしは携帯電話を脇に置いて目を閉じ、睡魔にのみこまれるにまかせた。まるで上へ上へと伸びる井戸のなかへ落ちていくような気分だった。

それは安らかな眠りではなかった。夢や文章が何度も何度も繰り返され、深い眠りに落ちそうになるたび邪魔が入った。たびたび寝返りを打っていたせいか、目が覚めてしばらくしてから体が冷えていることに気づき、ベッドも体もどうにかする必要があったものの、いつしかまた絶え間ない夢のなかへと戻っていった。

飢えた目をした大きな黒猫の夢を見た。ひたすらわたしを追いかけてきて、息が苦しくなり、これ以上は逃げられなくなったところで飛びかかってくる。わたしははっとして目を覚ますが、数秒ののち、目を閉じたとたんにまたそれが繰り返された。

病院に行かなくちゃ、と何度も思うけれど、起きあがることもできない。

飲まず食わずで、トイレにすら行っていない。

その日はあっという間に時間が過ぎ、目を開けると寝室の窓から黄金色の夕日が差しこんでいた。まばたきをすると、その光は紫がかった淡い青色に変わり、頭のなかにがんがんとリアルな音が響いて全身に衝撃が走った。

わたしは転がって姿勢を変え、枕で顔を覆ったが、それは止まらなかった。

音がさらに大きくなる。それは自分の名前のように聞こえてきて、ときどき音楽のようにもなった。疲れて白昼夢を見ていると、そんな現象が起こることがある。

〝ポピー！　ポピー！　いるのかい？〟

ベッド脇に置かれた携帯電話がぶるぶる震えている。わたしは無視して鳴らしておいた。電話がまたかかってくる。三度目にかかってきたときには、世界は二色のソフトクリームが絡みあうように溶けだしていたが、わたしはどうにか転がって画面を読もうとした。

〝アレクサンダー大王(アレクサンダー・ザ・グレイテスト)〟からのメッセージが山のように届いている。最後のメッセージにはこう書かれていた。〈ぼくはここにいる！　なかに入れて！〉

意味がわからない。頭が混乱しすぎて文脈がつかめないし、寒すぎてどうでもいい。アレックスがまた電話をかけてきていたが、わたしは喉が痛くて話せるかどうかもわからなかった。

がんがんという音がまた鳴り始め、わたしの名前を呼ぶ声も聞こえた。もやが広がって、ぱちんと弾(はじ)け、世界は完璧な明瞭さを取り戻した。

「アレックス」わたしはつぶやく。

「ポピー！　なかにいるのかい？」アレックスの怒鳴り声がドアの向こうから聞こえてくる。

わたしはまた夢を見ているのだろう。そうでなければ、ドアのところまで行けると思うはずがない。また夢を見ているということは、たぶん、玄関までたどり着いてドアを開けると、あの巨大な黒猫が待ちかまえていて、馬に乗るみたいにサラ・トーヴァルがその猫にまたがっているのだろう。

でも、違うかもしれない。もしかしたら、そこにいるのはアレックスだけで、わたしは彼をなかに引き入れて――

「ポピー、頼むから無事だと知らせてくれ！」ドアの向こうの彼が言う。わたしはベッドから滑るようにおりて羽毛布団を肩にかけ、力の入らない脚を引きずってドアへ向かった。

鍵を開けるのに手間取り、やっとのことで解錠すると、まるで魔法のようにドアが開いた。そう、夢というのはこういうものだ。

しかしわたしの目に飛びこんできたのは、ドアの向こうに立っているアレックスの姿だった。手はまだドアノブを握ったまま、後ろにはスーツケースを従えている。わたしはもう、これが夢なのかなんなのかわからなかった。

「なんてことだ、ポピー」アレックスは一歩なかに入ってしげしげとこちらを見ると、冷たい手の甲をわたしの額に押し当てた。「燃えるように熱いぞ」

「あなたはノルウェーにいるはずよ」わたしはなんとかかすれた声でささやいた。

「ところがそうじゃない」アレックスはスーツケースを引き入れてドアを閉めた。「最後に解熱剤をのんだのはいつだ？」

わたしはかぶりを振った。

「のんでないのか？　くそっ、ポピー、医者に診てもらえって言っただろう？」

「受診の仕方がわからなくて」それは哀れな言い草に聞こえた。わたしは二十六歳で、フルタイムの仕事に就いて健康保険に加入していて、家賃や奨学金のローンをちゃんと払いながらニューヨークでひとり暮らしをしているのに、ひとりでできないことがまだあるなんて。

「もう大丈夫だよ」アレックスは優しくわたしを抱きしめた。「ベッドに戻って、熱をさげるためにできることがあるかどうか見てみよう」

「おしっこしなきゃ」わたしは涙ながらに言い、それから打ち明けた。「もう、おもらししちゃったかも」

「わかった。おしっこしておいで。ぼくは着替えを探しておく」

「シャワーを浴びたほうがいい？」どうやらわたしはひとりでは何もできなくなってしまったらしい。中学生のころ、家で一日じゅうアニメ番組を観ていて、母にああしろこうしろと逐一言われていたときみたいに、何をしなさいと言ってくれる人が必要なのだ。あのころは母に言われるまで、自分では何もしようとしなかった。

「どうかな、ググってみるよ。とりあえず、おしっこしてきて」

トイレに入るのにもずいぶん苦労した。入口で布団を落とし、ドアを開けたまま用を足す。そのあいだずっと震えていたが、アレックスがアパートメントのなかを歩きまわっている音が心を落ち着かせてくれた。静かに引き出しを開ける音。ガスコンロをつけて、そこにケトルをのせる音。

アレックスはやるべきだと思ったことをひととおり終えると、様子を見に来てくれた。わたしはまだパジャマ代わりのショートパンツを足首までおろしてトイレに座っていた。

「どうしても浴びたければ、シャワーを浴びても大丈夫だと思う」彼はそう言いながら、湯を出し始める。「髪は洗わないほうがいい。本当かどうかは知らないけど、ベティおばあちゃんが髪が濡れていると病気になるって言ってたから。大丈夫か？　転んだりしない？」

「さっと浴びるだけなら大丈夫」突然、体じゅうがべたついているように感じた。おねしょをしたことはほぼ間違いない。後日いたたまれない思いをすることになるだろうけれど、今は何も恥ずかしいとは思わない。わたしはただ、アレックスがここにいてくれてほっとしていた。

アレックスは一瞬、不安そうな顔をした。「さあ、シャワーを浴びておいで。ぼくは近くにいる。自分ではどうにもならないと思ったらすぐに言ってくれ。いいね？」彼は背を向け、わたしがなんとか立ちあがって服を脱ぐのを待った。よじのぼるようにしてバスタブに入り、カーテンを閉めると、あたたかいシャワーに打たれて身震いした。

「大丈夫か？」彼が尋ねる。

「うん」

「ぼくはここにいる。いい？　何か必要になったらすぐに言うんだよ」

「うん」

二分も浴びているのが精いっぱいだった。シャワーを止めると、アレックスがタオルを渡してくれた。全身が濡れた今はさっきよりも寒く感じて、バスタブから出たわたしは歯をかちかち鳴らしていた。

「ほら」彼はもう一枚のタオルをケープのようにわたしの肩にかけ、その上からさすってあたためようとした。「部屋で座っていて。そのあいだにベッドのまわりをきれいにしてくるから。わかった？」

わたしはうなずく。アレックスは寝室の隅に置かれたアンティークの籐のピーコックチェアにわたしを座らせて尋ねた。「替えの寝具は？」

わたしはクローゼットを指差した。「一番上の棚」

アレックスは寝具を取りだし、たたまれたスウェットパンツとTシャツをわたしに手渡した。わたしには服をたたむ習慣がないので、彼がドレッサーから取りだしたときに本能的にたたんだに違いない。わたしが受け取ると、彼はあからさまに目をそらし、ベッドメイクに取りかかる。わたしはタオルを床に落とし、渡された服を着た。

ベッドメイクを終えたアレックスが布団の端をめくり、わたしは彼の手を借りてなかにもぐりこんだ。キッチンではケトルが音をたて始めた。彼がそちらへ向かおうとしたので、わたしはその腕をつかんだ。あたたかくて清潔なこの感覚になかば酔っていたのかもしれない。「行っちゃ嫌」

「すぐに戻るよ、ポピー。薬を取ってくる」

わたしはうなずいて腕を放した。アレックスは水の入ったグラスとノートパソコン用のバッグを持って戻ってきた。ベッドの端に腰かけて、風邪薬の瓶やら箱やらを取りだしてサイドテーブルに並べていく。「きみの症状がどういう感じなのかわからなくて」

わたしは胸を押さえ、締めつけられてひどく苦しいことを説明しようとした。

「なるほど」アレックスは箱をひとつ選んで二錠取りだすと、水のグラスとともに差しだした。

「何か食べた？」薬をのんだわたしに、彼は尋ねた。

「食べてないと思う」

彼が弱々しい笑みを浮かべる。「だと思って、ここに来る途中で買ってきた。スープなら大丈夫そうかな？」

「どうしてそんなに優しいの？」わたしはささやいた。

彼は一瞬こちらを見つめ、それからかがんでわたしの額にキスをした。「紅茶を淹れたのがもうそろそろいい感じじゃないかな」

アレックスはチキンヌードルスープと水と紅茶を運んできた。次に薬をのんでもいい時間にタイマーをセットし、二時間おきにわたしの体温を計って、夜のあいだもずっとそばにいてくれた。

今度は眠っても夢を見なかった。身じろぎして目を開けるたび、アレックスがわたしの横でうたた寝しているのが見えた。彼はあくびをして起きると、わたしを見た。

「具合はどう？」

「いい感じ」わたしは答える。身体的な意味ではどうかわからないが、少なくとも精神的、感情的には、彼がここにいてくれるおかげでずいぶんよくなった気がする。一度に単語をひとつかふたつ言うだけで精いっぱいなので、そこまで説明しようとはしなかったけれど。

朝、アレックスに手伝ってもらって階段をおり、わたしたちは病院へ行った。

診断は肺炎。わたしは肺炎に罹っていた。もっとも入院が必要なほど重症ではない。

「あなたが目を離さず、彼女がきちんと抗生物質をのみ続ければよくなるでしょう」医者はアレックスにそう言った。今のわたしは何を言われているか理解できないように見えたのだろう。

アレックスはわたしを家に連れて帰ると、ちょっと出かけなければならないと言った。懇願して彼を引き留めたかったが、わたしは疲れすぎていてその力もなかった。それに、夜のあいだずっと看護師役を務めてくれた彼が、わたしのアパートメントとわたしから離れてひと休みする時間も必要だというのはわかっていた。

アレックスは三十分後に戻ってきた。ゼリーとアイスクリームと卵とスープ、それにわたしがこれまで自分のアパートメントに置いておこうと思ったことすらないビタミン剤やらスパイスやらもしこたま買いこんでいた。

「ベティおばあちゃんは亜鉛がいいって言うんだ」彼は赤いゼリーとグラス一杯の水と一緒に五種類ほどのビタミン剤を持ってきた。「それと、スープにはシナモンを入れるといいって。だから、もしまずかったら、それは彼女のせいだから」

「あなたはどうしてここにいるの？」わたしはやっとのことでそう言った。

「ぼくのノルウェー行きのフライトがニューヨーク経由だったんだ」

「そう。それで？　パニックになって次の飛行機に乗り継ぎをせずに、空港を出てしまったの？」

「違うよ、ポピー。きみのそばにいるためにここへ来たんだ」

たちまち、わたしの目から涙があふれた。「あなたを氷でできたホテルに連れていきたかったのに」

アレックスの口元にふっと笑みがよぎった。「熱がそう言わせているのかどうか、ぼくには正直わからないな」

「違う」わたしは目を閉じた。涙が頬を伝うのを感じる。「本気よ。本当にごめんなさい」

「なあ」アレックスはわたしの顔にかかっていた髪をそっとどかした。「そんなの気にしてないって、わかってるよね？　ぼくが気にするのは、きみと一緒に過ごせるかどうかってことだけだ」彼の親指がわたしの涙の跡を軽くなぞり、上唇に届く手前で止まった。「きみの具合がよくないのは残念だし、きみがアイスホテルに行けなくて無念だと思っているのもわかるけど、ぼくは今ここにいられれば大丈夫だよ」

おねしょで濡れた寝具を取り替えてもらったことで威厳のかけらもなくなっていたわたしは、彼の首に手を伸ばし、がむしゃらに自分のほうへと引き寄せた。アレックスはわたしに招かれるまま、ベッドにあがって隣に寝転んだ。片手をわたしの背中にまわして自分の胸へと引き寄せ、わたしは彼のウエストに腕をまわして、ふたりはもつれあうようにして横たわっていた。

「あなたの鼓動が感じられるわ」

「ぼくもきみの鼓動を感じる」

「ベッドでおもらししちゃってごめんなさい」

彼は笑って、わたしをぐっと抱きしめた。まさにそのとき、自分がどれほどアレックスを愛しているかに気づいて、わたしは胸が痛むのを感じた。そういうことは声に出して言わなければいけないと思ったのは、彼がこうつぶやいたからだ。「たぶん熱がそう言わせているんだろうな」

わたしはかぶりを振り、彼ににじり寄って、ふたりのあいだの隙間をなくす。アレックスの手がわたしの髪のなかに差しこまれ、その指が首をなぞると、背筋に震えが走った。どんなに具合が悪くても、それはとても気持ちがよかった。思わず体を少しだけのけぞらせ、彼の背中にまわした手に力を入れると、彼の鼓動が速まるのを感じた。それにつられてわたしの鼓動も速くなる。アレックスはわたしの腿へと手を動かして、それを自分の腰へと巻きつかせた。彼の背中をつかみ、彼の首筋に口をうずめると、その下で脈動が切迫感を増していくのが感じられた。

「寝づらくないかい?」アレックスがくぐもった声で言う。まるで、こうしてふたりでベッドに寝ているのは単なる並び方の問題で、今起きつつあることからふたりを守る物語を紡ごうとしているかのように。具合が悪くて世界にもやがかかっているように思えても、わたしが彼をほしいと思っているように、アレックスもわたしを求めているのが感じられた。

「ううん」わたしはつぶやく。「あなたは?」

わたしの腿に置かれた手がこわばったが、彼はうなずいた。

「大丈夫」アレックスは言い、それからふたりともしばらく動かなかった。

どれくらいそうしていたのかはわからない。そのうち、興奮して敏感になっていた体じゅうの末端神経に風邪薬が勝ち、わたしは眠りに落ちた。次に目を開けたとき、アレックスは安全な距離を取ってベッドの反対側の端で寝ていた。

「お母さんを呼んでいたよ」彼が教えてくれた。

「具合が悪いときは、ママが恋しくなるの」

アレックスがうなずいて、わたしの髪を耳の後ろにかけた。「ぼくもたまにそうなる」

「お母さんのことを教えてくれない?」わたしは尋ねる。

彼は体をずらし、ヘッドボードにもたれた。「何が知りたい?」

「なんでもいい」わたしはささやく。「お母さんのことを思うとき、あなたがどういうことを考えているのか、とか」

「まあ、母が亡くなったのはぼくがまだ六歳のときだからね」そう言いながら、アレックスはわたしの髪を撫でた。わたしが口をつぐんでいると、彼は話を続けた。「夜、ぼくらを寝かしつけるときによく歌を聞かせてくれた。きれいな声だなと思っていたよ。受け持っているクラスの子どもたちには、母は歌手だったと言っているんだ。専業主婦でなければ、本当にそうなっていたかもしれない。そして……」彼の手はわたしの髪のなかで止まっていた。「父は母のことを話すことができなかった。ひと言も。というか、今でも話そうとすると心が壊れてしまう。だから、ぼくたち兄弟も母の話はしなかった。ぼくが十四か十五のときだったかな。ベティおばあちゃんの家に行って、雨どいを掃除したり、芝生を刈ったりしたことがあった。そうしたら、母が映っているホームビデオを見せてくれたんだ」

わたしはアレックスの顔を見つめた。微笑を浮かべている厚い唇。窓から差しこむ街灯の明かりを受けてきらめく目。その目は内側から輝いているようだった。「自分の家ではそんなことはしたことがなかった。母がどんな声だったのかさえ、もう思いだせなかった。でもそのビデオのなかで、母は赤ん坊のぼくを抱き、エイミー・グラントの古い曲を歌っていたんだ」彼の目が射るようにわたしを見て、片方の口角がもっと上にあがり、笑みが大きくなった。「その歌声はひどいものだった」

「ひどいって、どれくらい？」わたしは尋ねた。

「ベティおばあちゃんが笑いすぎて、心臓発作を起こしたくないからってビデオを止めたくらいに」アレックスが答えた。「母も自分の歌がひどいのは知っていたと思う。というか、そのビデオを撮っていたベティおばあちゃんの笑い声も入っていて、母はずっとにやにや笑いながら肩越しにカメラを見ていたんだ。それでも歌うことをやめなかった。ぼくはそのことをよく考える」

「話を聞く限り、わたしと同じ種類のレディに思えるわ」

「ぼくの人生の大半において、彼女はブギーマンみたいな存在だった。わかる？　ぼくの人生で彼女が果たした最大の役割は、妻を失ったショックで父をぼろぼろにしてしまったことだ。ぼくたちを自分ひとりで育てなければならなくなって、父はどれほど怖かっただろう」

わたしはうなずいた。それはよくわかる。

「母のことを考えるとよく……」アレックスは言葉を止めた。「彼女は人というより、教訓みたいな存在だった。でもあのビデオのことを考えるとき、父がなぜあんなにも母を愛したのかということを考える。そうすると、ちょっと気分がよくなるんだ。彼女を人として考えるほうが気分がいい」

ふたりともしばらく黙っていた。わたしは手を伸ばしてアレックスの手を握った。

「お母さんはきっとすばらしい人だったに違いないわ。あなたみたいな人を作ったんだから」

アレックスはわたしの手を握り返してきたが、それ以上何も言わなかった。そして、わたしはまたうとうとと眠りに落ちた。

それから二日間ぼんやりしたもやのなかで過ごしたあと、ようやく復活した。すっかり健康というわけではないものの目は覚めていて、体は軽くなり、頭はすっきりした。

わたしたちがあれ以上親密に抱きあうことはなかった。ただ一緒にベッドの上に座って古いアニメを観たり、朝は非常階段に座って朝食を食べたり、アレックスの携帯電話のアラームが鳴るたびに薬をのんだり、夜は〝伝統的なノルウェーの民族音楽〟のプレイリストをＢＧＭにしてソファで紅茶を飲んだりした。

そんなふうに四日間過ごし、そして五日目。わたしは理論的には国外へ出られるほど復調していたが、もう遅すぎて今さら旅に出る気分ではなくなっていたし、旅行の話もいっさいしなかった。ときおり腕や足がぶつかったり、わたしが食べ物を顎にこぼしそうだからと彼がテーブルの向こうから手を伸ばしてくる以外は、お互いに触れあうこともなかった。しかし夜には、アレックスがベッドの向こう側に横たわり、わたしは彼の不規則な息遣いに耳を傾けながら何時間も起きていた。わたしたちはどうしようもなく引き寄せあうふたつの磁石みたいだと思いながら。

心の底では、そんなふうに考えるのはよくないとわかっている。熱のせいでふたりとも防御壁がさがっていただけのことで、アレックスとわたしはお互いに運命の相手ではない。ふたりのあいだに愛情と魅力と歴史はあるかもしれないけれど、この友情をあるべきではない別の場所に持っていこうとすれば、失うもののほうが大きい。

アレックスは結婚と子どもと家庭をひとまとめにして手に入れることを望んでいる。それをサラのような相手と手に入れたいのだ。彼が六歳のときに失った人生を一緒に築いていくのを手伝ってくれる相手と。

そしてわたしは、思い立ったときに旅に出かけてエキサイティングな新しい人間関係を築き、季節ごとに違う人たちとつきあい、おそらくは決して落ち着くことなく生きていきたい。この関係を維持するには、これまでどおりプラトニックな友情を続けていくしかない。五パーセントの誘惑は何年ものあいだに忍び寄ってきていたが、そろそろそれを押しとどめる頃合いだ。その〝もし○○したらどうなる？〟はつぶしておかなければならない。

その週の終わりにアレックスを空港まで見送りに行って、わたしはできる限りつつましやかなハグをしたが、彼はわたしを抱きあげてしっかりとハグをし、わたしの背筋にあのぞくぞくする震えを走らせた。そしてわたしの体で彼が一度も触れたことのない場所に熱がたまっていった。

「きみに会えないと寂しくなるよ」耳の横でアレックスの低い声がした。わたしは無理やり体を離し、分別のある距離を保った。

「わたしもよ」

その晩はずっとアレックスのことを考えていた。夢のなかでは、彼がわたしの腿を自分の脚の上にのせ、腰を押しつけてきた。彼がキスをしようとするたびに、わたしは目が覚めた。

わたしたちは四日間話をしなかった。やっとアレックスが送ってきたメールには、フラナリー・オコナーの『賢い血』の開かれたページの上に黒猫が座っている写真が添付されていた。

〈運命〉彼はそう書いていた。

26

今年の夏

　わたしたちは雨に濡れた体をほてらせながらバルコニーに立っていた。彼のまなざしは柔らかく、わたしは自制心の最後のかけらが砂漠の熱と一日の汚れとともに洗い流されるのを感じた。ここにはもうアレックスとわたししか残っていない。

　彼の唇が閉じ、それから開く。わたしの唇も同じように動いた。彼のあたたかい息がわたしの口に当たる。わたしが浅く息を吸いこむたびに、ふたりはじりじりと近づき、もう少しでわたしの舌が雨に濡れた彼の下唇をかすめそうだ。

　ほんのちょっと触れるだけのキス。二度目はもう少ししっかりと。アレックスの髪にわたしの両手がからまり、彼の歯のあいだから息がもれた。それからもう一度、彼の唇がわたしに触れる。もっと深く、もっとゆっくりと、注意深く、意図的に。わたしは彼にもたれてとろけそうになる。震え、おびえ、心を躍らせながら、ふたりの口がくっついては離れ、絡みあった。彼の舌がわたしの舌の上を一瞬滑り、それがもう少し深くもぐり、彼の下唇の最もふくらんだ部分にわたしの歯が引っかかり、彼の手がわたしの腰までおりてきて、そらしたわたしの胸が彼の胸に当たり、わたしの手が彼の濡れた首筋を滑る。

くっついたり離れたりしながら、アレックスの雨に濡れた口がわたしの口を味わい、試し、こするのと同じくらい、短い間隔と浅い呼吸に恍惚（こうこつ）となる。彼が体を引いたので、唇もほんの少しだけ離れた。わたしはまだ彼の息を感じることができる。「大丈夫かな？」彼が静かに尋ねる。

今もし口が利けるなら、人生で最高のキスだと伝えたかった。キスだけでこんなに気持ちよくなれるなんて知らなかった、と。あなたとなら何時間でもこうしていられる、今まで経験したどんなセックスよりも最高だ、と。

でも、そんなことが言えるほどわたしははっきりとものを考えることができない。臀部（でんぶ）をつかんでいるアレックスの手と、胸にぴったりくっついている胸が気になって頭が働かず、ただうなずいて彼の下唇を噛むことしかできなかった。アレックスが漆喰（しっくい）の壁にわたしを押しつけ、さらに性急にキスを重ねた。

彼の片方の手がわたしのTシャツの裾をつかみ、もう一方の手はTシャツの下でわたしのおなかをかすめた。「これはどう？」彼が尋ねる。

「いいわ」わたしはささやく。

アレックスの手がもっと上にあがり、水着のトップスの下まで滑りこんできて、わたしを震えさせる。「これは？」

アレックスの指で軽く円を描かれると、わたしの息が詰まり、鼓動が一拍遅れた。うなずいて、彼の腰を引き寄せた。彼がわたしの脚のあいだで硬くなるのを感じて、頭がくらくらしてくる。「いつもきみのことを考えてる」アレックスがそう言って、ゆっくりとキスをした。その唇がわたしの首筋をさがっていき、通り道に鳥肌を立たせた。「きみにこうしたいと考えていた」

「わたしも」小声で認めた。彼の唇が濡れたTシャツ越しに胸の上を這(は)いまわり、そうしながらも手は腰、肋骨、肩へとあがってTシャツを脱がせていく。アレックスはわたしの頭からTシャツを引き抜くことができるだけの距離を空けて立ち、脱がせたTシャツをビニールシートのなかに投げ捨てた。

「あなたのも」わたしも彼のシャツの裾に手を伸ばし、頭から脱がせた。それを放り投げると、アレックスはこちらに近づこうとしたが、わたしは一瞬、彼を引き留めた。

「やめたいのか？」彼の目は暗かった。

わたしは首を横に振る。「ただ……こんなふうにあなたを見たことがなかったから」

アレックスの口角があがって微笑みが浮かぶ。「いつだってこんなふうに見てくれてよかったのに」低い声で言う。「わかってるくせに」

「あなただって見てくれてよかったのよ」

「信じてほしいんだが、ぼくは見ていたよ」

それから、わたしは彼を引き寄せ、アレックスは乱暴にわたしの腿を持ちあげて自分の腰に巻きつかせた。わたしは彼の広い背中に爪を立て、首に噛みつき、アレックスはわたしの胸や尻を揉みしだいた。彼の唇がわたしの鎖骨へとさがり、ビキニの下まで滑っていって、注意深く胸の頂に歯を立てる。わたしはショートパンツ越しにふくらみを感じ、そのなかに手を差し入れると彼がこわばって身じろぎするのが愛おしく思えた。ショートパンツを腰骨のところまで押しさげる。彼がわたしに当たる感触に、口がからからに乾いた。

「やばっ」あることに気づき、バケツ一杯の氷水を浴びせられた気分になる。「ピルをのむのをやめてるんだったわ」

「もしかしたら助けになれるかもしれない。実は、パイプカット手術を受けたんだ」

衝撃の告白に、わたしは思わずのけぞった。「なんですって?」

「もとに戻すこともできる」アレックスはそう言って、わたしたちがこういう行為を始めてから初めて顔を赤らめた。「それと……避妊もちゃんとしてきた。万が一パイプカットの効果がなかったときのために……たいていはうまくいくけど、でも……とにかく、うっかり誰かを妊娠させてしまうようなことは避けたかったんだ。ぼくは今もずっと安全だよ――それは別に……どうしてそんな顔でぼくを見るんだい？」

アレックスが白黒はっきりさせる人だということは知っていた。超慎重派で、この惑星で最も思慮深く、礼儀正しい人間であることも知っていた。でも、どういうわけか、そのすべてがこんな大きな決断に結びついたことにはまだ驚いている。わたしの心臓は筋肉痛かのように痛くなり、熱と、きゅんとするような優しさに包まれた。なぜなら、それはあまりにもアレックスらしいと思えたから。彼の腰に腕をまわし、ぎゅっと抱き寄せた。「もちろん、あなたならそうするわよね。用心と熟慮を重ねに重ねるのがあなただもの。アレックス・ニルセン王子様」

「そうなのかな」おもしろがっているような、でも納得していない表情で彼が言う。

「わたしは真剣よ」彼をもっと近くまで引き寄せた。「あなたはすばらしいわ」

「きみがそうしたければ、コンドームを探してもいいけど、ぼくは持っていないんだ――そういう相手がほかにいないから」

わたしの顔もきっと赤くなっているだろう。ばかみたいに微笑んでさえいるかもしれない。「いいのよ。ふたりのあいだだけのことだもの」

わたしが言いたいのは、こういうことをしたい相手がいるとしたら、それはアレックスだということ。心から信頼し、こんなふうにすべてをほしいと思うのは彼だけだと。

でも、実際に口にしたのは、〝ふたりのあいだだけのこと〟だった。そしてアレックスも同じ言葉を返した。わたしが言いたかったことを正確に理解したというように。それからわたしたちは、捨てられたビニールシートの海へと倒れこんだ。彼はわたしのビキニのトップスを破り捨て、ショーツも破り捨て、脚のあいだに口を押し当てた。両手で臀部をつかみ、舌を動かしてわたしをあえがせる。「アレックス」彼の髪をつかんで懇願した。「もうこれ以上あなたを待たせるのはやめて」

「せっかちになるのはやめてくれ」彼がからかってくる。「十二年も待ったんだ。このまま続けさせてくれ」

震えが背筋を駆け抜け、わたしは体を弓なりにしならせた。とうとうアレックスがわたしの顔の横まで這いあがってきて、両手で髪をつかみ、ゆっくりとなかに入ってきた。ふたりでちょうどいいリズムを見つけて一緒に動くと、あまりにも気持ちがよくて、電気が走るほど刺激的で、あまりにも正しいと思えた。これをせずに長い歳月を無駄にしてきたことが信じられないくらいだ。十二年もそこそこのセックスで我慢してきたけれど、本当はこうあるべきだったのだと思えた。

「ああ、あなたはすごくじょうずね」わたしが言うと、アレックスの笑い声が耳をかすめ、その耳の後ろに彼はキスをした。

「だって、きみをよく知っているからね」彼が優しく言う。「それに、きみが何かを気に入ったときにどういう声を出すか、ぼくは覚えている」

わたしのなかのすべてがぴんと引っ張られて波に揉まれた。アレックスの手の動きのすべて、腰の動きのすべてがわたしをバラバラにしていくようだった。

「死ぬまでにあなたとセックスしてみたかったの」わたしはあえいだ。

「よかった」アレックスは動きを少し速め、さらに激しくしていって、強烈な快感でわたしをがくがくと震わせた。わたしは悪態をつきながらも、彼に合わせて動いた。

「あなたを愛してる」そう口にしたのはたまたまだった。あなたとのセックスを、あるいは、あなたのすばらしい体を愛している、と言うつもりだった。それとも、もしかしたら、本当にあなたを愛していると言いたかったのかもしれない。アレックスが何か思いやりのあることをしてくれたときにいつも言うように。でも、このときはちょっと違っていた。セックスをしている最中だったし、わたしの顔は熱くなっていて、それをどう直したらいいのかわからなかった。けれどそのとき、アレックスが上半身を起こして膝の上にわたしをのせ、きつく抱きしめながらなかに押し入った。ゆっくりと、深く、強く。そして言った。

「ぼくもきみを愛している」

とたんにわたしの胸がほぐれ、胃がほどけて、恥ずかしさや恐怖はすっかり消え失せた。残ったのはアレックスだけだった。

わたしの髪を優しく撫でるアレックスのごつごつした手。

わたしの指の下で筋肉がうねるアレックスの広い背中。

ゆっくりと、意図的にわたしの腰に向かって動くアレックスの角張った腰。

わたしの舌に触れるアレックスの汗と肌と雨粒。

ふたりで揺れ動いていても、彼の完璧な腕がわたしをしっかりと抱いて放さない。

彼の官能的な唇はわたしの口を引っ張り、わたしを味わいたいとなだめすかして唇を開かせる。そうしながらもふたりの体はくっついては離れ、また結ばれるたびに、お互いに触れ、新しいキスのやり方を見つけていく。

アレックスはわたしの顎に、喉に、肩に、口づけをした。舌は熱く、わたしの肌の上を慎重に動いた。わたしは彼の鋭いラインと柔らかいカーブのすべてに触れ、味わい、彼はわたしの手と口の下で震えた。

アレックスは仰向けになり、わたしをその体の上に引き寄せた。これは最高だった。わたしは彼のすべてを見ることができるし、触れたいすべての場所に触れることができるのだから。

「アレックス・ニルセン」息も絶え絶えに言う。「あなたはこの世に生きている男性のなかで最もセクシーよ」

アレックスも荒い息のなかで笑い声をあげ、わたしの首筋にキスをした。「そして、きみはぼくを愛している」

胃がざわつく。「わたしはあなたを愛してる」今度は意識的にそうつぶやいた。

「ぼくもきみをとても愛している、ポピー」どういうわけか、彼のその声だけでわたしは絶頂に達し、解き放たれた。わたしたちふたりとも一緒に。

ふたりが何をしでかしたのか、これがどんな連鎖反応を引き起こすのか、この先どうなるのかはわからないけれど、今考えられるのは、わたしたちのあいだでぐるぐるめぐる愛のときめきのことだけだった。

27

しばらくして、わたしたちはビニールシートが敷き詰められたバルコニーでびしょ濡れの体を丸めて横たわっていた。嵐は過ぎ去り、肌の上の水分を飛ばす勢いで暑さが戻ってきていた。

「ずいぶん前にあなたは言ったわよね、野外セックスは巷で言われているほどよくなかった、って」わたしが言うと、アレックスはしわがれた笑い声をあげ、わたしの髪を撫でた。

「きみと野外セックスをしたことがなかったからね」

「さっきのは最高だったわ。わたしにとっては、ってことよ。これまで、あんな経験はしたことがなかったから」

アレックスが体を起こしてわたしを見おろす。「ぼくもあんなのは経験したことがないよ」

わたしは顔を彼の胸にうずめ、肋骨にキスをした。「確認したかっただけよ」

数秒後、アレックスが言った。「もう一度したいな」

「わたしも。そうすべきだと思ってたの」

「確認したかっただけだよ」彼はわたしのまねをした。わたしが彼の胸に物憂げに指を走らせて図形を描くと、わたしの背中にまわされていた腕に力がこもった。「ひと晩じゅうここにいるわけにはいかないよ」

わたしはため息をついた。「わかってる。ただ、動きたくないだけ。もう一度と」

彼はわたしの髪を肩の後ろへ払いのけ、露(あら)わになった肌にキスをした。

「ニコライのエアコンが故障していなくても、こうなっていたと思う?」わたしは尋ねた。

アレックスがわたしの心臓の上にかがみこんでキスをし、彼の指はわたしの脚を這いのぼってぞくぞくする感覚を胃に送りこんだ。「ニコライがこの世に生まれていなかったとしても、こうなっただろう。ただし、このバルコニーでかどうかはわからないけど」

わたしは体を起こし、片方の膝をアレックスのウエストまで振りあげて、彼の膝の上に座りこんだ。「こうなれてうれしいわ」

アレックスの両手で腿をさすられると、またしても脚のあいだが熱くなってくる。

そのとき、ドアをどんどんと叩く音がした。

「どなたかいませんか?」男が怒鳴っている。「ニコライです。どうか入れてください――」

「ちょっと待って!」わたしは叫び、アレックスの膝からおりて濡れたTシャツを床からひったくった。

「くそっ」アレックスはビニールシートの切れ端の山のなかから水着を探している。わたしは黒い布きれを見つけて彼のほうへ押しやり、Tシャツを着て裾を腿の上まで引っ張りおろした。同時にドアが解錠されて開き始めた。「どうも、ニコライ!」わたしは大きすぎるくらいの声を出しながら彼のもとへ向かった。文字どおり素っ裸のアレックスや、切り刻まれたビニールシートを見られるわけにはいかない。

ニコライは背の低い禿げ頭の男で、七〇年代風のゴルフシャツ、ひだつきパンツ、ローファーという全身えび茶色の格好をしていた。彼が肉づきのいい片手を突きだした。「あなたがポピーさん?」

「ええ、そうよ」わたしは握手を交わし、じっと目を見つめて、今のうちにアレックスが暗いバルコニーで服を着てくれますようにと祈った。

「悪い知らせだ」ニコライが口を開いた。「エアコンが壊れた」

〝何を今さら〟そう言いそうになるのを、わたしはなんとかこらえた。

「あなたたちの部屋だけじゃない。この棟全部。朝一番で修理工が来るが、手間取ってしまって申し訳ない」

アレックスがわたしの肩先に現れた。この時点で、ニコライはわたしたちがふたりともずぶ濡れで髪もぐしゃぐしゃであることに気づいたようだが、幸い、それについては何も言わなかった。「とにかく本当に、本当に申し訳ない」彼は繰り返した。「あなたたちがただ気難しいだけだと思っていたんだ、正直なことを言うと。でも、実際にここへ来てみると……」ニコライはシャツの襟を引っ張って身震いした。

「とにかく、この三日間の料金は返します。それと……明日もうちに泊まってくださいとは言いづらい。万が一、直らなかったらと考えると……」

「それなら結構よ！」わたしは言う。「全額返金してくれるなら、どこかよそで泊まるところを探すから」

「本当に？」ニコライが言う。「直前の予約となると、かなり高くつくよ」

「それはこっちでなんとかするわ」わたしは言い張った。

アレックスがわたしの背中をばしんと叩く。「ポピーは格安旅行のエキスパートだからね」

「へえ」ニコライは興味なさそうに言った。携帯電話を取りだすと、指一本で何やら打ちこむ。「払い戻し手続きが完了した。実際に返金されるまでどれくらいかかるかわからないので、何か問題があったら知らせて」

踵を返して出ていこうとしたニコライがくるりと振り返る。「おっと、忘れるところだった——ドアの外のマットのところでこれを見つけたんだ」彼はふたつ折りの紙をわたしたちに差しだした。輪を描くような手書きの文字で表に〈新婚さんへ〉と書かれており、そのまわりに二十五個はあろうかという小さなハートが描かれている。

「ご結婚おめでとう」ニコライは言い、部屋を出ていった。

「なんだい?」アレックスが尋ねる。

わたしは紙を広げた。ありきたりな黒インクで印刷されたクーポン券だ。上部の余白には、表書きと同じ筆跡でメモが書かれている。

〈不気味に思わないでほしいんだけど、あなたたちの泊まっている部屋がわかっちゃった! 情熱的な声がこの部屋から聞こえたかもって思ったの(笑)。ボブも今朝、あなたたちがこのドアから出ていくのを見たって言ってたし(わたしたちの部屋は三つ先のドア)。とにかく! わたしたちはバケーションの次のステージ(ジョシュアツリーよ! イエイ! そう書くだけでセレブになった気分!)に向かって早朝に出発しなきゃならないから、残念ながらこれが使えないの(寝室からちょっと出るのが精いっぱいで——おふたりさんならどういうことかわかるわよね、ふふ）。あなたたちの残りの旅がすばらしいものになりますように！

XOXO

あなたたちの妖精界のゴッドファーザー＆ゴッドマザー、ステイシーとボブより〉

わたしはクーポン券を見て目をしばたたいた。「百ドル分のギフト券よ。スパで使えるやつ。このスパ、ガイドブックか何かに載っていたと思うわ。すごい体験ができそうね」

「ワオ」アレックスが言う。「なんだか申し訳ないな。ぼくは彼らの名前すら覚えていなかったのに」

「表書きの宛名は名前になっていないわ」わたしは指摘する。「彼らもわたしたちの名前がわからなかったのよ、きっと」

「それなのにこんなものをくれるなんて」アレックスが言う。

「もしあの人たちと今後も友情を築くチャンスがあって、めちゃくちゃ仲よくなって、一緒にあちこち旅をしても、わたしたちの名前はずっと伏せておきましょう。そのほうがおもしろいもの」

「絶対にそうしよう。今さらきまりが悪くて名前なんてきけないってくらい、長いつきあいにしないとな。そういう〝友だち〟は大学にはたくさんいたよ」

「そうだった。で、いざとなったら、ふたりの人をつかまえてきて、〝もう自己紹介はすんだ?〟ってきいて、ふたりが自分の名前を言うのを待つのよ」

「でもときどき、〝はい〟って言われて終わることもあるよ」アレックスが指摘する。

「でなきゃ、〝いいえ〟って言って、こっちが彼らを紹介するのを待つとかね」

「もしかしたら、彼らもまったく同じことをしようとしているのかも。もしかしたら、彼らは自分の名前も覚えてないのかもしれない」

「まあ、ぼくはステイシーとボブの名前を忘れることはもうないと思うけど」

「わたしはこの旅のことは忘れないと思うわ。恐竜のなかのギフトショップは別として。あれは忘れていい。ほかにもっと大事なことのために記憶のスペースを空けておきたいから」

アレックスがわたしを見おろして微笑む。「同感だ」

一秒の気まずい沈黙のあと、わたしは言う。「さあ、ホテルを探さないと!」

28

今年の夏

ラーレア・パームスプリングス・ホテルは夏だと一泊七十ドルはするが、あたりが暗いなかでも、子どもがフェルトペンで描いた絵のように見えた。いい意味で。外観は色が爆発していた――プールの更衣室はバナナ・イエローで、水辺にはホットソースを思わせる赤の長椅子が並び、三階建ての建物はブロックごとに色合いの違うピンク、赤、紫、黄色、緑に塗り分けられている。

わたしたちの部屋のなかも隅々まで鮮やかだった。壁とカーテンと家具はオレンジ、カーペットはグリーン、ストライプの寝具は建物の外観と同じ色。そんな部屋で何よりも重要なのは、室内がとても冷えているということだ。

「先にシャワーを浴びたい？」部屋に入るやいなや、アレックスが尋ねた。そう言われて気づいた――ドライブのあいだじゅう、いや、その前にニコライのアパートメントを出る支度をしていたときから、彼はきれいになりたかったのだ。〝ああ、シャワーを浴びたい〟と言いたいのを何度も何度もこらえていた。一方のわたしはバルコニーで起こったことしか考えられず、そのたびに体が熱くなっていたのだけれど。アレックスに今シャワーを浴びに行ってほしくない。シャワーを浴びるならふたりで一緒に入って、もっといろんなことをしたい。

しかし、彼がシャワーを浴びながらセックスするのは嫌いだ（野外セックスよりもひどい）と言っていたことを思いだす。彼はシャワーに入っているときはただきれいになりたいのだ。他人の髪の毛や汚れが降りかかってくる状態では、それは難しい。セックスなどしようものなら、石鹸が目に入ったり、壁に体がこすれて最後にタイルを洗ったのはいつだったかなどと考えたり、ほかにもいろいろあって行為に集中できない。

だから、わたしはただこう言った。「お先にどうぞ！」アレックスはうなずいたが、何か言いたいことがあるかのようにためらいを見せた。だが結局は言わないことにしたらしく、熱いシャワーを浴びるため、バスルームに消えた。

わたしのTシャツと髪はすっかり乾いていた。新しい部屋のバルコニー（ビニールシートで覆われてはいない）に出て座ってみると、そこもほとんど乾いているのに気づいた。

暑さを和らげた雨は、まるで降りもしなかったかのように、なんの跡も残さずに消えていた。

ただ、わたしの唇が腫れているように感じ、体がこの一週間で最も楽になった以外は。そして空気も軽くなり、そよ風さえ吹いている。

「次はきみの番だよ」アレックスが後ろから声をかけてきた。

振り返ると、タオルを一枚巻いただけの彼がぴかぴかに輝く完璧な姿で立っていた。それを見てわたしの鼓動は速まったが、自分がいかに不潔か自覚していたので、欲望をのみこんで立ちあがり、大きすぎるほどの声で「クール!」と叫んだ。

控えめに言って、わたしはシャワーを浴びるのが好きではない。

きれいになれるのはいい。シャワーを浴びるという行為自体もいい。ただ、もつれた髪を前もってとかしたり、みすぼらしいバスマットやタイルの床に足を踏み入れたり、髪を乾かしたり、その髪をまたとかしたり、といったことのすべてが嫌いなのだ。

そういうわけで、わたしは週に三度も浴びれば充分だが、アレックスは一日に一度か二度はシャワーを浴びたいらしい。

とはいえ、今のこのシャワーばかりは、ここ一週間で経験してきたことを考えると、贅沢な楽しみだった。

きんきんに冷えたバスルームで熱いシャワーを浴び、自分の体から落ちた汚れがきらきらしたグレーの渦巻きとなって排水口へと消えていくのを眺めていると、生き返った心地がした。ココナッツの香りのシャンプーを頭皮に、グリーンティーの香りの洗顔クリームを顔にすりこみ、安物のカミソリを脚に当てると、神々しい気分になる。こんなに時間をかけてシャワーを浴びたのは何カ月ぶりだろう。新しく生まれ変わった気分でバスルームから出ていくと、アレックスはすべての明かりをつけたまま、布団をはぐこともせずに一方のベッドの上でぐっすり寝入っていた。

一瞬、どちらのベッドにあがろうか悩んだ。たいてい、こういう旅ではクイーンサイズのベッドに大の字になって寝るのが最高の楽しみだけれど、わたしのなかで大きな声が、アレックスの隣で丸くなり、彼の肩のくぼみに頭をのせて、彼の清潔なベルガモットの香りをかぎながら眠りたいと言っている。彼の夢を見ながら。

でも結局、体を重ねたからといって、彼がわたしとベッドをともにしたがっていると考えるのはどうかしていると思うことにした。

この前わたしたちのあいだに何かが起こったときは、そのあとベッドをともにしようなどという雰囲気ではなかった。ただひたすらにカオスだった。

今回はそんな結末にはさせない。この旅でこれまで、あるいはこれからふたりのあいだに何が起ころうと、そんなことでわたしたちの友情を壊させはしない。これが何を意味しているのかを決めつけたり、アレックスに勝手な期待を押しつけたりはしない。

わたしはストライプの掛け布団を彼にかけてやり、明かりを消して、空いているほうのベッドにもぐりこんだ。

29

三年前の夏

〈どうも（ヘイ）〉アレックスがメッセージを送ってきたのは、わたしたちがトスカーナ州への旅に出かける前日の晩だった。

〈ヘイって何よ〉わたしは返信した。

〈ちょっと話せる？　最終確認したいことがあって〉

わたしはすぐに、彼はキャンセルしたいのだろうと考えた。道理に合わない話だ。これは久々に、緊張せずに楽しめる旅行だった。ふたりとも交際相手がいて、わたしたちの友情はかつてないほど深まっている。わたしは人生でこんなに幸せだったことはなかった。

肺炎になってから三週間後、わたしはトレイと出会った。さらにその一カ月後には、アレックスとサラがよりを戻した——今度は前以上にいい関係で、ふたりが同じ価値観を共有している気がする、と彼は言っていた。これも重要なことだと思うが、今回はサラがようやくわたしと打ち解けようとしてくれているらしい。アレックスとトレイは数回会っただけで仲よくなった。というわけで、いつものごとく、わたしとアレックスとのあいだに何も起こらなくて本当によかったと、わたしは心からうれしく思っていた。

わたしは彼への返信を打ち始めたが、どうせひとりで家にいるのだからと、バルコニーの折りたたみ椅子に座って電話をかけることにした。トレイはまだ、わたしの新しいアパートメントから通りを渡ったところにある〈グッド・ボーイ・バー〉にいるけれど、わたしは吐き気がしたので早めに帰ってきていた。偏頭痛の起こる予兆だと思い、明日のフライト前に治しておきたかったのだ。

アレックスが呼び出し音ふたつで電話に出たので、わたしは言った。「万事順調?」

車のウインカーの音が聞こえる。なるほど。彼はまた前みたいに、ジムからの帰り道に車中からわたしに電話をかけてくるようになったというわけだ。状況はたしかに上向きになっているらしい。何しろ、彼らは連名でわたしにバースデーカードを送ってきた。クリスマスカードもだ。サラはインスタグラムでわたしをフォローし直してくれただけでなく、わたしの写真を気に入ってくれた――いくつかの写真にはコメント欄にハートマークや笑顔のスタンプを押してくれたほどだ。

というわけで、今はいい状況だとばかり思っていたのに、アレックスは挨拶も何もなしに本題に入った。「もしかして、ぼくらは間違いを犯そうとしているんじゃないかな?」

「ええと、どういうこと?」

「カップル同士で旅行することだよ。ちょっと強烈すぎるっていうか」

わたしはため息をついた。「どこが?」

「わからないけど」アレックスの声は不安げで、わたしには電話の向こうの彼が顔をしかめ、髪を引っ張っているのが見えた。「トレイとサラは一度しか会ったことがないんだぞ」

この春、わたしはトレイとともにリンフィールドへ飛び、彼を両親に会わせた。父はトレイが十七歳のときに入れたタトゥーや耳たぶに開けた穴、父の質問に質問で返すこと、彼が学位を持っていないことなどに感心しなかった。

だが母は、トレイのマナーには感心していた。実際、マナーは一流なのだ。もっとも母からすると、彼があの外見で〝すばらしくおいしいスモアズ・ケーキですね、ミセス・ライト!〟とか〝皿洗いをお手伝いしましょうか?〟などと、気さくであたたかみのある言い方をするところのほうが好感度が高かったのだろうが。

その週末が終わるころには、母はトレイをとても感じのいい若者だと言うようになっていた。トレイと母が手作りのファンフェッティ・ケーキ（カラフルなスプリンクルをまぶしたケーキ）を皿に取り分けているあいだ、こっそりテラスへ出て父の意見を聞いてみると、父はわたしの目を見て厳粛な面持ちでうなずくと言った。「彼はおまえにはぴったりな相手のようだな。それに、明らかに彼はおまえを幸せにしてくれている。わたしにとって大事なのはそれだけだよ、ポピー」

トレイはわたしを幸せにしてくれる。とても幸せに。それに、トレイとわたしはぴったりだ。頭がおかしくなるくらいにぴったり。つまり、わたしたちはとても気が合う。毎日一緒に多くの時間を過ごしているけれど、ふたりとも独立した人間でもあって、それぞれにアパートメントがあり、それぞれに友人がいる。彼とレイチェルも仲よくしているいっぽう、トレイとわたしが街にいるときは、レイチェルとわたしがブランチの新しい店を試すか、公園で本を読むか、お気に入りの韓国式スパで全身の垢(あか)すりをしてもらうかしているあいだ、彼はスケートボードの仲間とつるんでいる。

リンフィールドに帰って二日目、わたしたちはすでにそわそわし始めていたが、トレイは家が散らかっていても気にせず、死にそうな動物ばかりいる動物園を大いに気に入り、スカイプでパーカーやプリンスと物まね大会をしたときには大喜びで参加した。

それでも、ギレルモとのことがあんなふうに終わっただけに、わたしは落ち着かず、トレイを脅かすようなことが起きる前にリンフィールドから離れたくてたまらなかった。だから、ミスター・ニルセンの六十回目の誕生日がなければわたしたちはもっと早く発っていたかもしれない。彼へのサプライズとしてアレックスとサラが来ることになっていたので、わたしたちはパーティーの前に四人でディナーへ行こうと決めたのだった。

「彼に会えると思うとわくわくするよ！」トレイはアレックスからメールが届くたびに言っていた。そのたびに、わたしの緊張はじりじりと高まっていった。猛烈に守りたいと思った――誰をかはよくわからなかったけれど。

「アレックスにチャンスをあげて」わたしはそう言い続けた。「彼は心を開くまで時間がかかる人なの」

「わかってる、わかってるって」トレイは強調した。「彼がきみにとってどれほど大事な人かってこともわかってる。だから、おれもきっと彼を好きになると思うよ、P。約束する」

ディナーはまあまあだった。というか、料理（地中海料理）はすばらしかったが、会話はもっとうまくできたはずだ。トレイは、何を勉強してきたのかとアレックスにきかれたとき、少々自分をひけらかしすぎたように思えたが、彼がちゃんとした教育を受けられなかったことがコンプレックスになっているのは知っていたので、身の上話が始まったとき、わたしは何か簡単なやり方でそのことをこっそりアレックスに合図できたらいいのにと思ったものだった。

ピッツバーグでの高校時代、トレイがずっとメタル・バンドをやっていたこと。十八歳のとき、もっとビッグなバンドのツアーのオープニング・アクトに抜擢(ばってき)されたこと。トレイは腕のいいドラマーだったが、本当に好きなのは写真だった。四年間、ほぼ絶え間なくツアーを続けたあとにバンドが解散すると、別のバンドのツアーで写真を撮る仕事に就いた。彼は旅をすること、人に会うこと、新しい町を見ることが大好きだった。そういった人脈が広がるにつれ、違う仕事の依頼も舞いこむようになった。やがてフリーランスになり、『R+R』の仕事を請け負い、専属カメラマンとして雇われることになった。

トレイは長いモノローグの終わりにわたしの肩に腕をまわし、こう言った。「そしてそこで、おれはPに出会ったってわけ」

アレックスの顔に浮かんだ表情の変化はあまりにも微妙だったので、トレイが気づいたかどうかはわからない。サラも気づかなかったかもしれない。だが、わたしはポケットナイフをへそに突き立てられ、そこから十五センチ、二十センチと刃を上に引きあげられたような感じがした。

「とぉおってもすてきね」サラが甘ったるい声で言った。おそらくわたしの顔はもっと盛大に引きつっていただろう。

「笑えるのはさ」トレイは言った。「本当はもっと早く出会えるはずだったってこと。おれ、きみたちのノルウェー旅行に同行する予定だったんだよ。彼女が病気になる前は」

「ワオ」アレックスの目がきらりと光ってわたしを見て、それからその視線は彼の前の水の入ったグラスへと落とされた。そのグラスはわたしと同じくらい汗をかいていた。アレックスはそれを持ちあげ、ゆっくりと水をすすり、またおろした。「笑えるな」

「それはそうと」トレイはきまり悪そうに言った。「きみは？　何を勉強した？」

トレイは、アレックスがなんのために学校に通っていた（今も通っている）のかよく知っていたが、質問という形を取ることで、アレックスに自分のことをもっと話す機会を与えようとしていたのだ。

アレックスはその代わりに、水をもうひと口飲んで簡潔に言った。「文芸創作、それから文学」

わたしはボーイフレンドが適切な次の質問を見つけようと必死に考えたあげく、あきらめてメニューを眺めだす様子を見守るしかなかった。

「彼はすばらしい作家なのよ」わたしがぎこちなく言うと、サラは椅子の上でもぞもぞと体を動かした。

「本当にそうなの」サラが言った。その口調はとても辛辣で、まるでわたしが〝アレックス・ニルセンは信じられないくらいセクシーな体をしている〟とでも言ったかのようだ。

ディナーのあと、わたしたちはベティおばあちゃんの家でのパーティーに参加し、状況は少し改善された。アレックスの気のいい弟たちはみなトレイに会いたがっていて、バンドのことや『R+R』のこと、わたしがいびきをかくのかどうかなど、ありとあらゆる質問をトレイに浴びせかけた。

「アレックスは絶対に教えてくれないんだ」一番下の弟のデイヴィッドが言った。「たぶん、ポピーは寝ているとき、機関銃みたいな音をたてるんだろうな」

トレイは声をあげて笑い、すべてを受け入れた。彼は決して嫉妬しない。わたしたちふたりとも、嫉妬している暇がない。どちらも異性とのつきあいを欠かしたくないのだ。奇妙に聞こえるかもしれないが、わたしは彼のそういうところが大好きだ。彼がバーに行ってわたしのために飲み物を注文してくれるのを見るのも、バーテンダーが微笑んだり笑い声をあげたり、カウンターに身を乗り出して彼にウインクしたりするのを見るのも好きだ。彼がどの町に行っても魅力を振りまく、そのやり方を見るのが好きだ。隣にいるときはいつもわたしに触れてくれる、そのやり方も――わたしの肩に腕をまわしたり、片手をわたしの腰に当てたり、五つ星レストランではなく家でふたりきりでいるかのように膝の上にわたしをのせたりして触れてくれる、そのやり方も好きだ。

わたしは誰かと一緒にいてこれほど安心し、同じ価値観を持っていると確信したことはない。

パーティーでは、トレイの手が常にわたしに触れていることを、デイヴィッドにからかわれたものだった。

「手を離したらポピーが逃げだすとでも思ってるの？」彼は冗談っぽく言った。

「ああ、きっと逃げだすね」トレイは言った。「ポピーは五分とじっと座っていられないんだ。彼女のそういうところが大好きなんだけどね」

パーティーはアレックスの兄弟全員が久しぶりに一堂に会する機会となり、彼らが楽しげに騒いでいるのを見て、わたしは十九歳のときに大学から帰省してきて、アレックスの車で彼らをあちこち送り迎えしていたことを思いだした。弟たちはまだ車を持っていなかったし、父親はすてきな人だったが忘れっぽく不安定で、誰をいつどこに送り届けるべきかを覚えていられなかったのだ。

アレックスは常に冷静で物静かだったいっぽう、弟たちは絶えず取っ組み合いをしたり、唾で濡らした指をお互いの耳に突っこんだりと、やんちゃな少年たちだった。

なかには今や父親になっている人もいるけれど、パーティーでの彼らはいまだにそんな感じだった。

ニルセン夫妻は子どもたちの名前をアルファベット順につけていた。まずはAのアレックス、次にBのブライス、Cのキャメロン、そしてDのデイヴィッド。奇妙なことに体格の面でもそんな順番だった。アレックスは背が高くて肩幅も広い。ブライスは同じくらい背は高いが、手足が細くて肩幅が狭い。キャメロンは数センチ背が低くて肉づきがいい。そして、デイヴィッドはアレックスよりわずかに背が高く、プロスポーツ選手のような体格をしていた。

みなハンサムで、それぞれ色合いの異なるブロンドの髪と、それに合うはしばみ色の瞳をしていたが、なかでもデイヴィッドは映画スターのようだった（ディナーの席でアレックスから聞いたところでは、彼は最近ずっと、ロサンゼルスに移って映画スターになると言っていたらしい）。豊かに波打つ髪、大きくて考え深げな目、活気にあふれ、話し始めたとたんにまわりを明るくするオーラはまさしくスターだ。彼は話し始めるとき、話しかけている相手か、最も興味を持ってくれそうな人の名前を文章の頭につけることが多かった。

「ポピー、アレックスが『R+R』をたくさん家に持って帰ってくれたんだ。ぼくもあなたの記事が読めるようにって」ベティの家で、デイヴィッドはそう言った。そのとき初めて、わたしはアレックスもわたしの記事を読んでいたのだと知った。「すごくよかった。まるでぼくもその場所を旅しているみたいに思えたよ」

「いつか、みんなで一緒に旅をしたいわね」

「それ、クソやばいな」デイヴィッドはそう言うと、肩越しに振り向いて自分の悪態が父親に聞かれなかったか確認し、にやりと笑った。二十一歳の赤ちゃんみたいな彼のことが、わたしは大好きだった。

パーティーの途中で、わたしはベティに手伝いを頼まれてキッチンへ行き、彼女が義理の息子のために焼いたドイツ風チョコレートケーキにふたりでキャンドルを立てていった。「あなたのいい人、トレイはすてきな人みたいね」彼女は手元から目を離さずに言った。

「彼は最高なんです」わたしは返した。

「彼のタトゥーも気に入ったわ」彼女がつけ加えた。「とても美しいんだもの！」

それは嫌味(いやみ)ではなかった。ベティは皮肉を言うこともあるが、核心を突いて相手をはっとさせることもある。彼女は柔軟に意見を変える。わたしは彼女のそういうところが好きだった。その年になっても、会話のなかで、まだすべての答えがわかっていないような問いを投げかけた。

「ええ、わたしも好きです」

トレイと初めて一緒に行った仕事の旅行（香港）で、わたしが外見以上に惹かれたのは彼のエネルギーだった。それと、旅の途中にわたしに〝ノー〟と言われて変な空気になりたくないからと、家に帰るまでわたしを誘うのを待ってくれたところも気に入った。

でも、わたしが〝イエス〟と言ったのにはアレックスが関係していないと言えば嘘になる。

アレックスから、サラと仕事でよく話すようになって、ふたりの関係がいい感じになっていると聞かされたばかりだった。その時点ではまだ、わたしは定期的に彼がわたしの家の玄関に現れる夢を見ては目を覚ましていた。熱に浮かされているわたしのそばで、彼が眠そうな顔をしながら、心配そうに、わたしを元気づけてくれる夢を何度も見た。

アレックスがサラとよりを戻すことについて何も言ってくれなかったことはどうでもよかった。

彼が言おうと言うまいと、結局は誰かがいるわけで、わたしは自分の心がそれに耐えられるとは思えなかった。それで、その夜、わたしはトレイに〝イエス〟と伝えた。わたしたちは無料でスキーボール（アーケードゲーム）が楽しめてホットドッグのおいしいバーに行った。その夜が終わるころには、わたしは彼なら恋に落ちてもいいと思った。

トレイはわたしにとって、アレックスにとってのサラ・トーヴァルのような人。ぴったり合う相手だ。

それで、わたしは〝イエス〟と言い続けた。

「彼を愛してる?」ベティはやはり手元から目をあげずに尋ねた。

本心を明かさなくてもかまわないと伝えてくれているのを感じた。彼女と目と目を合わせていないのだから、その必要があれば、わたしは嘘をつくこともできるというわけだ。しかし嘘をつく必要はなかった。「ええ」

「よかった、ハニー。それはすばらしいことよ」ベティは手を止めた。二本の細い銀色のキャンドルを砂糖衣に突き立て、それが飛びださないように押さえている。「アレックスを愛しているのと同じように、トレイのことを愛しているの?」

心臓がつまずいたみたいに、それから数回の鼓動が乱れたのをわたしは鮮明に覚えている。その問いは先ほどのより複雑だったが、ベティに嘘はつけなかった。

「アレックスを愛しているのと同じようにほかの誰かを愛することはないと思います」わたしは答えた。それからこうも思った。わたしがトレイを愛するのと同じように誰かを愛することもないだろう、と。

わたしはそれを口にするべきだったが、そうしなかった。ベティは首を振り、わたしの目を見た。「あの子がそれをわかっていてくれたらいいのにね」

そう言ってベティはキッチンを出ていき、わたしはあとに残された。アレックスとサラはフラナリー・オコナーを連れてきていて、彼女はその瞬間を選んで劇的な登場を果たした。背筋をぴんと伸ばし、目を見開いてわたしの顔を見つめながら歩いてくる。アレックスとわたしがハロウィン・キティと呼んでいる全身を使った表現で、にゃあにゃあと大声で鳴きながら。

「ハーイ」わたしが言うと、フラナリー・オコナーはわたしの脚にすり寄ってきた。だから抱きあげようと手を伸ばしたのだが、彼女はしゅっと音をたてて、わたしに向かって片足の爪を振りおろした。

ちょうどそこへ、サラが汚れた皿の山を持ってキッチンに入ってきた。サラは笑い声をあげ、いつもの甘い声でこう言った。「ワオ！　彼女はあなたのことが好きじゃないのね！」

そんなこともあって、わたしはアレックスがこのカップル合同旅行に神経質になる理由は理解している。でも、わたしたちはあれから前進した。インスタグラムの〝いいね〟や、前回アレックスが訪ねてきたときに、トレイとアレックスとわたしとでアーケードゲームがプレイできるバーで過ごした完璧に楽しい時間。それに、トスカーナの田舎ですばらしいワインの点滴を受けながら過ごすというのは、オハイオでの気まずいディナーのあとに六十歳の禁酒主義者の誕生日パーティーが続くのとはまるでわけが違うだろう。

「彼らもきっと仲よくやれるわよ」

バルコニーの手すりに足をかけ、顔と肩のあいだで携帯電話の位置を調整しながら、わたしはアレックスに言った。

ウインカーの音が消え、彼がため息をつく。「どうしてそう確信できるんだ?」

「だって、わたしたちが愛する人たちだもの」わたしは理由を説明する。「そして、わたしたちはお互いに愛しあっている。だから彼らもきっと愛しあってくれる。みんな、とにかくお互いに愛しあえばいいのよ。あなたとトレイ。わたしとサラ」

アレックスが笑いだす。「最後の部分だけ、声がずいぶん変わったのをきみも自分で聞けたらいいのに。まるでヘリウムガスでも吸っているみたいだったよ」

「ねえ、いい? わたしはまだ、前にあなたを捨てたことについてサラを許そうと頑張ってるところなの」わたしは続けた。「まあ、どうやら彼女も、あれは人生最大の過ちだったってことがわかったみたいだから、チャンスをあげようとしているのよ」

「ポピー、そういうんじゃない。いろいろと複雑な事情があったんだ。でも、今は前よりもいい関係になったよ」

「わかってる、わかってるって」言葉とは裏腹に、本当はよくわからない。アレックスは前に別れたことについてはもうなんのわだかまりもないと言い張るが、サラが言ったことを考えると――彼とつきあっていても、図書館で出会ったころ以上にどきどきすることがない――わたしは今でも怒りで顔が熱くなる。

また吐き気が襲ってきて、わたしはうめいた。「ちょっとごめん。明日のフライトに備えて、もうベッドに入らなきゃ。でも、これだけは言わせて。今度の旅はきっとすばらしいものになるわよ」

「ああ」アレックスはぎこちなく答えた。「ぼくはきっと、なんでもないことを心配してるんだろうな」

たいていの場合、そのとおりだとわかるものだ。

わたしたちはヴィラに滞在することになっていた。きらめくプールと古い石造りのパティオがあり、そこらじゅうに咲き誇るブーゲンビリアがすべてを柔らかなピンクと紫に染める屋外のキッチンがついているヴィラに泊まって、不機嫌でいるのは難しいだろう。

「ワオ、いいわね」実際、なかに入ったサラが言った。「こういう旅ができるなら、きっとこれからは毎回一緒に行くわ」

わたしはドヤ顔でアレックスを見る。彼は弱々しい微笑みを見せた。

「わかるよ」トレイが言う。「もっと早くグループ旅行をすることを考えるべきだったな」

「同感ね」サラはそう言ったが、高校で教えている彼女のスケジュールと、大学での講義もあるアレックスの忙しさを考えると、トスカーナの別荘を格安で予約するにしても、彼らにあちこち飛びまわる時間があまりないのは明らかだ。

「ここから三十キロ圏内に、ミシュランの星つきレストランが十軒はあるのよ。あと、せめてひと晩はアレックスが料理したいって言ってるわ」

「それができたらいいなと思って」アレックスは認める。

もちろん、初日は時差ボケの解消に昼寝をしたり、プールでひと泳ぎしたりする合間に四人でぶらぶら歩きまわっていても、いくらかはぎこちなさがあった。トレイは試しに何枚か写真を撮り、わたしはおつまみを買いに街へ出た。熟成したチーズや肉、焼きたてのパン、小さな瓶に入ったさまざまなジャム。それに、大量のワインを買いこんだ。

外のパティオに座って最初の二本のワインを飲み干し、初日の夜がふけるころには、みんなくつろいで打ち解けていた。すっかりおしゃべりになったサラは生徒たちのことやフラナリー・オコナーのこと、インディアナで暮らしていたころの話をし、アレックスは静かに辛口の冗談をはさんだ。わたしは大笑いするあまり、二度もワインを鼻から噴きだした。

わたしたち四人はまさに友だちだと、本物の友だちだと思えた。

トレイがわたしを膝の上に引き寄せ、わたしの肩に顎をのせると、サラは胸を押さえて、ああ、と声をあげた。「あなたたち、本当に甘い関係って感じね」彼女はアレックスを見ながら言う。「そう思わない?」

「そしてバターたっぷり」アレックスがわたしのほうをちらりと見て言う。

「なんですって? それ、どういう意味?」肩をすくめる彼を見て、サラは続けた。「アレックスが人前でいちゃいちゃするのが好きだったらよかったのに。わたしたち、人の目があるところではハグさえしたことないわ」

「ぼくはもともとハグがそんなに好きじゃないんだ」アレックスはまごついている。「子どものころからハグには慣れてない」

「ええ、でも相手はわたしよ」サラは言う。「バーで出会った行きずりの女の子じゃないんだから、ねえ、ベイビー」

そういえばアレックスとサラが触れあっているのを見たことがない。でも、彼が人前でわたしにべたべたさわっていたかといえば、それもない。ニューオーリンズの路上で踊ったときや、ヴェイルでのあのときは別として(どちらも大量のアルコールが関係していた)。

「なんか、ただ……無礼な感じがするんだ」アレックスは説明しようとする。

「無礼だって?」トレイがタバコに火をつける。「おれたちみんな、大人なんだぜ。

自分の彼女を手放したくないと思ったら、しっかりつかまえときゃいいんだよ」

サラが鼻で笑う。「気にしないでちょうだい。こんなやり取りは何年も続けているから。もう自分の立場を受け入れたわ。わたしは手を握るのが嫌いな男性と結婚するつもりよ」

結婚という言葉にわたしはどきっとする。ふたりの関係はそこまで真剣なのだろうか？　というか、明らかに真剣なようだ。でも、よりを戻してまだそんなに経っていない。トレイとわたしもたまには結婚の話をするけれど、そういうときは遠回しに、〝先のことはわからないからあまりプレッシャーをかけないようにしましょうね〟というような言い方をしたものだ。

「まあ、それは理解できる」トレイはわたしたちから顔をそむけてタバコの煙を吐く。「手をつなぐのは最悪だ。快適じゃないし、動きが制限されるし、人混みのなかでは不便だ。足首を手錠でつないだほうがいい」

「言うまでもなく、手は汗ばんでしまうしね」アレックスが言う。「まったくもって心地がよくない」

「わたしは手をつなぐの大好き！」〝結婚〟という言葉は頭の奥にしまいこみ、あとで考えることにして、わたしは声をあげた。「特に人混みのなかで手をつないでいると、安全だと思わせてくれるわ」

「あらあら、この旅が終わる前にフィレンツェへ行くころには、わたしとポピーが手をつないで、あなたたちふたりは人混みで迷子になるのが関の山ね」サラが言う。サラはワイングラスをわたしに向けて突きだし、わたしは彼女のグラスに自分のグラスを合わせた。わたしたちは揃って笑い声をあげた。それが、サラのことを好きだと思えた最初の瞬間かもしれない。もしかしたら、わたしがあんなにもアレックスにしがみついて、彼女の居場所をなくすことに懸命になっていなければ、もっと前から彼女を好きになれたかもしれない、と思った。

あんなことはもうやめにしよう。そう心に決めてからは、ワインが進み、四人でおしゃべりをし、冗談を言い、笑いあった。この夜がそれからの旅の雰囲気を決定づけた。

晴れた日中は、周囲に広がる古い町並みをそぞろ歩いた。葡萄畑へと車を走らせ、口を半開きにしてワイングラスをまわし、深くフルーティーな香りを吸いこむ。遅い昼食は石造りの古い建物で、世界的に有名なシェフの料理をいただく。アレックスは毎朝早くランニングに出かけ、トレイはそれほど遅くならないうちにロケハンや撮影に出かけていく。サラとわたしはほぼ毎日寝坊し、落ちあって泳ぎ（または、リモンチェッロとウオッカの入ったプラスチックカップを持っていかだの上に浮かぶ、とも言う）に出かけて、リンフィールドの地中海料理のレストランで過ごしたあの日よりもずっと気楽に、さして重要でもない話をする。

夜になると、わたしたちは遅いディナー――ワインも――に出かけ、それからヴィラのパティオへ戻って朝方まで語りあい、飲んだ。

クローゼットいっぱいのゲームのなかから、見覚えのあるものはすべてやってみた。ボッチャやバドミントンのような芝生の上で遊ぶものから、クルーやスクラブルやモノポリー（アレックスが嫌いなのは知っているのに、トレイがこれをやろうと提案したとき、彼は自分がそれを嫌いだと言ったことを認めなかった）のようなボードゲームまで。

わたしたちが夜更かしする時間は長くなっていった。みんなで有名人の名前を紙に書き、混ぜあわせたなかから取って額に貼りつけ、自分が誰の名前を貼っているのかを二十の質問から当てるゲームに興じた。ひとつ質問をするごとにワインを一杯飲まなければならない。

すぐに明らかになったのは、四人ともが同じように知っている有名人はいないということだった。ゲームは二百倍難しくなると同時におもしろくもなった。わたしが自分の額の有名人はリアリティ番組のスターかと尋ねると、サラはうげっと吐くふりをした。

「本当に？」わたしは言った。「わたしはリアリティ番組が大好きなのに」

こういう反応に慣れていないわけではない。でもわたしのなかには、サラが認めないのはアレックスも認めていないのと同じだと感じる部分があった。古傷が痛むような気がして、あわててその傷口を押さえたくなった。

「どうしたらあいう番組を観ていられるのかわからないわ」サラが言う。

「その気持ちはわかる」トレイが明るく同意した。「おれも彼女の興味が理解できたためしがない。彼女のほかのあらゆることと矛盾しているけど、Pは『バチェラー』に夢中なんだ」

「夢中ってほどじゃないわ」わたしは自分を守ろうと身構える。二シーズン前にレイチェルのアートプログラムに参加していた女の子が出場したときから観始めたのだが、三、四回観るうちにハマってしまったのだ。「わたしはただ、すごい実験だと思ったの。それに、何時間もかけて撮った映像が編集されているのよ。人間について学べることがたくさんあるわ」

サラは眉を吊りあげた。「ナルシストが名声のためにどこまでやるか、とか？」

トレイが笑う。「そのとおりだ」

わたしも無理やり笑い声をあげ、ワインをもうひと口飲んだ。「言いたかったのはそういうことじゃなくて」どう説明すればいいのかわからず、そわそわと体を動かす。

「つまり、気に入っているところはたくさんあるんだけど、ひとつだけ……最終的に、実際につらい決断をする人たちがいるっていうところが好きなのよ。回が進むと、強い絆（きずな）を感じられる出場者がふたりか三人見つかるんだけど、そのなかで絆が一番強い人を選ぶとか、そういうことじゃないの。なんというか……彼らが人生を選ぶのを見守っているというか」

それはリアルな人生においても同じ。誰かを愛しても、その人との未来が自分にとって、あるいは相手にとって、もしかしたらふたりにとって、都合がよくないとわかってしまうこともある。

「でも、そういう関係って本当にうまくいくの？」サラが尋ねる。

「たいていはうまくいかないわ」わたしは認めた。「だけど、そこは問題じゃないの。わたしたちは誰かがいろんな人とデートするのを見る。それぞれがどんなふうに違うかを見て、それから彼らが選ぶのを見る。一番相性がいい人、一番楽しく過ごせる人を選ぶ人もいれば、すばらしい父親になりそうな人、一番安心して打ち解けられそうな人を選ぶ人もいる。そこが魅惑的なの。愛って、誰かと一緒にいる自分を知ることでもあるんだなって」

わたしはトレイと一緒にいるわたしを愛している。自信に満ち、自立していて、柔軟で冷静だ。心安らかでいられる。こんなふうになりたいと夢見ていた自分になれた。

「なるほどね」サラは認める。「わたしには受け入れられないと思うのは、三十人の男といちゃいちゃしたあげく、五回会っただけの人と婚約しちゃうところよ」

トレイは頭をのけぞらせて笑った。「おれたちが別れたら、きみは速攻でその番組に出場を申しこむんだろ、P？」

「あら、そうしたらわたしも観るわ」サラがくすくす笑う。

トレイが冗談を言っているのはわかるが、彼らが手を組んでわたしに対抗している気がして腹が立つ。

こう言ってやろうかと考える。〝どうしてそんなふうに考えるの？　わたしがナルシストで有名になるためならなんでもする人間だと思ってるわけ？〟

アレックスがテーブルの下で脚をぶつけてくる。ちらりとそっちを見ると、彼はわたしのほうを見てさえいなかった。彼はただ、自分がここにいる、わたしを本当に傷つけられるものなど何もない、と思いださせてくれたのだ。

わたしは口に出そうとしていた言葉をぐっとのみこんだ。「ワインのおかわりはいかが？」

翌日の夜、わたしたちはパティオで遅い夕食をとった。デザートのジェラートを皿に盛りつけるためになかへ入ると、アレックスがキッチンに立ってメールを読んでいた。

ティン・ハウス社から彼の小説が出版されることになったという知らせだった。彼がとても幸せそうで、まばゆいほどに輝いていたので、わたしはこっそりその姿を写真に撮った。とてもいい写真だ。わたしたちふたりが独り身で、サラとトレイに奇妙に思われなければ、待ち受け画面に設定したいくらいだった。

わたしたちは、お祝いをしなければということになり（この旅自体がお祝いのようなものだけれど）、トレイがモヒートを作ってくれた。みんなで渓谷を見渡せる長椅子に座り、田舎の夜ならではの柔らかできらきらした物音に耳を傾けた。

わたしはほとんど飲み物に口をつけなかった。ずっと吐き気がしていたので、この夜は初めてみんなより早く寝ることにした。トレイは数時間後にほろ酔い加減でベッドに入ってくると、首筋にキスをしてわたしを引き寄せた。セックスをしたあと、彼はたちまち眠りに落ち、わたしの吐き気は復活した。

そのとき、あることに思い当たった。

わたしは今回の旅行中に生理がくるはずだった。

おそらく偶然だろう。海外旅行の最中に吐き気をもよおす理由はいくらでもある。それにトレイとわたしはちゃんと気をつけている。

それでも、わたしはベッドから起きだした。胃がひっくり返っている。爪先立ちで階下へおり、アプリを開いて生理の予定日を確認する。この生理日追跡アプリを入れるよう、レイチェルがしきりに言っていたのだが、今まではその意味がよくわからなかった。

耳鳴りがする。心臓が早鐘を打つ。舌がふくれあがって口から飛びでそう。

昨日には生理が始まるはずだった。二日の遅れくらい、たいしたことではない。赤ワインを大量に飲んだあとの吐き気もそうだ。特に偏頭痛持ちにとっては。それでも、パニックになりかけていた。

コートかけから自分のジャケットを取り、サンダルに履き替えてレンタカーのキーをつかんだ。一番近いコンビニまでは三十八分かかる。わたしは三種類の妊娠検査薬を買い、日がのぼり始める前にヴィラへ戻った。

そのころには、本格的なパニックに陥っていた。一番値段の高い妊娠検査薬を握りしめ、パティオを行ったり来たりしながら、息を吸って、吐いて、吸ってと自分に言い聞かせることしかできない。肺炎になったときよりも肺の具合が悪いような気がする。

「眠れなかったの？」静かな声がわたしを驚かせた。アレックスが黒いショートパンツにランニングシューズといういでたちで、開けっぱなしのドアに寄りかかっていた。夜明け前の薄明かりが彼の体を青く照らしている。

笑い声が喉の奥で消えた。なぜなのかはわからない。「走りに行くの？」

「日がのぼる前のほうが涼しいからね」

わたしはうなずき、両腕を自分の体に巻きつけ、彼に背を向けて渓谷を見渡した。アレックスがそばにやってくる。わたしは彼のほうを見もせずに泣き始めた。アレックスはわたしの手に手を伸ばし、指を広げていって、握りしめられていた妊娠検査薬を見つけた。

十秒間、彼は黙っていた。ふたりとも、黙っていた。

「もう検査したの？」アレックスが静かに尋ねた。

わたしは首を振り、さらに激しく泣きだした。彼はわたしを引き寄せて背中に腕をまわし、わたしが静かに嗚咽して息を吐くのを待った。おかげでいくらか心が軽くなり、わたしは彼から離れて手のひらで目元をぬぐった。

「どうしたらいいの、アレックス？　もしも……ああ、わたしはいったいどうしたらいいの？」

アレックスは長いことわたしの顔を見つめていた。「きみはどうしたい？」

わたしはまた目元をぬぐった。「トレイは子どもをほしがっていないと思う」

「ぼくがきいたのはそんなことじゃない」アレックスがつぶやく。

「自分がどうしたいのか、全然わからない」わたしは打ち明けた。「というか、わたしは彼と一緒にいたい。そして、もしかしたらいつか……わからない。わからないわ」両手に顔をうずめ、もう少しだけ静かにすすり泣いた。「ひとりでそんなことができるほど強くない。無理よ。病気になったときにひとりでどうしようもなかったくらいだもの。アレックス、わたしはいったいどうしたら……」

アレックスはそっとわたしの手首をつかんで顔から離し、わたしの目をのぞきこんだ。「ポピー。きみはひとりじゃない。いいね？　ぼくがここにいる」

「それで？　わたしもインディアナに引っ越せばいいって？　あなたとサラの隣にアパートメントを借りるの？　それでどうやってうまくいくっていうの、アレックス？」

「わからない」彼は認めた。「どうやって、というのは問題じゃない。ぼくはここにいる。とにかく検査してみなよ。それからどうするか考えよう。いいね？　きみは自分がどうしたいか考える。ぼくらはそれを実行する」

わたしは大きく息を吸ってうなずいた。検査薬の入った袋と、まだ救命いかだのように握りしめている一本を持って、ヴィラのなかに入った。

一度に三本におしっこをかけ、それを全部持って外へ出て、待つ。わたしたちはそれをパティオを囲む低い石壁の上に並べた。アレックスが腕時計でタイマーをセットし、それが鳴るまで、わたしたちは黙ってそこに立っていた。

一本ずつ、結果を見ていく。

陰性。

陰性。

陰性。

わたしはまた泣きだした。それが安堵からか、より複雑な何かのせいなのかはわからなかった。アレックスがわたしを抱き寄せ、なだめるように揺らしてくれたおかげで、平静を取り戻した。

「あなたにこんなことってばかりじゃいけないわね」やっと涙が止まると言った。

「こんなことって?」アレックスがささやく。

「わからない。あなたを必要とすること、かな」

アレックスはわたしのこめかみのそばで頭を振った。「ぼくにもきみが必要だよ、ポピー」そのとき、わたしは彼の声がくぐもっていて、涙まじりで震えていることに気づいた。体を引いて見ると、アレックスは泣いていた。わたしは彼の顔の横に手を触れる。「すまない」彼が目を閉じて言う。「ぼくはただ……きみに何かあったら、どうすればいいかわからない」

そしてそのとき、わたしは理解した。

母親を亡くしているアレックスにとって、妊娠は単に人生を変える可能性のひとつではない。それは死の宣告にもなりかねないことなのだ。

「すまない」彼がまた言った。「ああ、もう、なぜぼくまで泣いているのかわからないよ」

わたしは彼の顔をわたしの肩まで引きおろし、アレックスはもうしばらく泣き続けた。彼の広い肩が震えている。わたしたちが友だちになってからのこの長い歳月のなかで、アレックスはわたしが泣くのを数えきれないほど見てきただろうが、彼がわたしの前で泣いたのは初めてだった。

「大丈夫」わたしは彼にささやいた。「大丈夫よ。あなたは大丈夫。わたしたちは大丈夫よ、アレックス」

彼は濡れた顔をわたしの首の横にうずめ、両手でしっかりとわたしの背中をつかんだ。わたしはアレックスの髪を指でとかした。彼の濡れた唇は指にあたたかく感じられた。

この感情はいずれ過ぎ去るものだとわたしにはわかっていた。でも、そのときになったら、ふたりきりでここにいられたらいいのにと思うだろう。サラとトレイに出会っていなければよかったのに、と。わたしたちにはそうする必要があると思う限り長く、しっかりと、お互いを抱きしめていられるように。

これまでのわたしたちはふたりだけの世界に存在していたようなものだった。けれど、これからはもう、そうではない。

「すまない」アレックスは最後にもう一度謝ると、わたしから離れて背筋を伸ばし、最初の光が渓谷を横切るのを眺めた。「こんなことはすべきじゃなかった」

わたしは彼の腕に触れた。「お願いだから、そんなふうに言わないで」

アレックスはうなずき、一歩さがってふたりの距離をもっと空ける。わたしの全身の細胞がそれは正しい行動だとわかっているのに、それでも心は傷ついた。

「トレイはいい人そうだ」アレックスが言う。

「ええ、いい人よ」わたしは請けあった。

アレックスがさらに何度かうなずく。「よかった」それで終わりだった。彼は朝のランニングに出かけ、わたしはまた静かなパティオにひとり取り残されて、渓谷を影がよぎる様子を眺める。

二十五分後、朝食のスクランブルエッグを作っている最中に生理が始まった。旅の残りは驚くほど普通のカップルふた組の合同旅行となった。

ただし心の底では、わたしは完全に打ちのめされていた。

すべてを望み、同じ人生のなかで共存できないことがあまりにも多いと知るのは心が痛む。

でも、何よりもわたしはアレックスに幸せになってほしい。彼がずっと望んでいたものをすべて手に入れてほしい。そのすべてを手に入れるチャンスをアレックスに与えるためには、わたしが彼の邪魔をするのをやめなくてはならない。

わたしたちは別れのハグをするまで、お互いに体をかすめることすらほぼなかった。
あのとき起きたことを口にすることは二度となかった。
わたしはこれからもアレックスを愛し続ける。

30

今年の夏

そんなわけで、ニコライのバルコニーで起こった件について、わたしたちが話すことはないのだろう。それでいい、ということにしなくてはならないのだ。ラーレア・パームスプリングス・ホテルの総天然色の部屋で目を覚ますと、アレックスのベッドは空っぽで、ベッドメイクされており、机の上には手書きのメモがあった。〈ランニング。すぐ戻る。追伸：車は業者から引き取り済み〉

ハグやキスや愛の誓いを期待していたわけではないものの、〝昨晩は最高だった〟とかひと言くらい書いてくれてもよかったのに。感嘆符をひとつつけるとかして。

それに、彼はこの暑さのなか、どうやって走っているのだろう？　あの短い走り書きから読み取れることはたくさんあるけれど、わたしの被害妄想の頭は、あんなことがあったあとで彼は頭をすっきりさせるために走っているのだろう、とほのめかす。

クロアチアでは、彼はパニックになった。わたしたちふたりともが、だ。ただし、ああなったのは旅の最後だったので、わたしたちは帰国してそれぞれの場所へと引きこもることができた。今回は、まだこれからバチェラー・パーティー、リハーサル・ディナー、そして結婚式が控えている。

それでも、わたしはこのことにふたりの関係を壊させはしないと誓った。本気でそう思っていた。

物事をもっと軽く考えなければならない。セックスしたあとのパニックを防ぐために、わたしのほうでできることをするのみだ。

レイチェルにメールしてアドバイスを求めようか、それとも誰かに打ち明けて泣きわめこうかと考える。でも本当のところ、わたしはこのことを誰にも話したくなかった。アレックスとわたしだけの秘密にしておきたかった。ふたりでいるときは、世界のほぼすべてがわたしたちだけの秘密であるように。わたしは携帯電話をベッドに放り投げ、ハンドバッグからペンを取りだして、アレックスのメモの下に書き添えた。

〈プールにいます――来てくれる？〉

やってきた彼はランニングの格好のままで、茶色い小さな紙袋とコーヒーカップを手にしていた。その光景のすべてがわたしを刺激し、切望でうずかせた。

「シナモンロールだよ」アレックスはそう言って、紙袋とカップをよこした。「あとラテだ。車はぴかぴかの新品タイヤをつけて駐車場に停めてある」

わたしは彼の目の前で円を描くようにコーヒーカップをまわした。「天使さん。タイヤはいくらだったの？」

「覚えてない。シャワーを浴びてくるよ」

「その前に……プールサイドで汗をかくのはどう？」

「ぼくが戻るまで、そのプールのなかで一日じゅう座ってて」

何も大げさに騒ぐことではない。わたしたちは心からくつろぎ、リラックスしていた。日なたと日陰を行き来して、プールサイドのバーで飲み物とナチョスを注文し、一時間ごとに日焼け止めを塗り直し、デイヴィッドのバチェラー・パーティーに向かう準備をするのに充分な時間を見て部屋に戻る。彼とタムは別々にパーティーを催すことにしていて（どちらも男女ともに参加可だ）、アレックスはデイヴィッドが無理やり人気コンテストをやるためにこれを計画したんだと冗談を言う。

「あなたの弟ほどの人気者はいないわ」

「きみはまだタムに会ったことがないから」そう言うと、バスルームまで歩いていってシャワーの栓をひねった。

「本当にまたシャワーを浴びる気？」

「すすぎだよ」アレックスが言う。

「小学校のころ、手洗い場であなたの後ろに行列ができちゃって、〝クジラのために水を節約してください〟って言われたんじゃない？」

「ああ」

「だったら、クジラのために節約してよ、相棒！」

「もうちょっとぼくに優しくしてくれてもいいんじゃないかな」不満げに言う。「シナモンロールを買ってきてあげたのに」

「バターたっぷりで、あたたかくて完璧な、ね」わたしの答えに、彼は顔を赤らめてバスルームのドアを閉じた。

今、何が起きているのか、わたしにはさっぱりわからなかった。たとえば、こんな疑問が浮かんでくる。なぜ、わたしたちは一日じゅう部屋にこもっていちゃいちゃしていたらいけないの？

わたしはバスルームの外の鏡を見ながら、七〇年代風のライムグリーンのホルターネックのジャンプスーツに身を包んだ。数分後、すっかり服を着こんでバスルームから出てきたアレックスは、今にも出かけようという勢いだった。

「あとどれくらいかかる？」彼は尋ね、わたしの肩越しに鏡を見て目を合わせた。彼の濡れた髪はあちこちに向かって跳ねていた。

わたしは肩をすくめる。「全身に接着剤をスプレーして、ラメをたっぷり入れたバットのなかで転がるくらいの時間は必要ね」

「ということは、十分くらいかな？」

わたしはうなずき、カール用のドライヤーをおろす。「ねえ、本当にわたしに一緒に来てほしいの？」

「一緒に行きたくないわけがないだろう？」

「だって、あなたの弟のバチェラー・パーティーなのよ」

「だから？」

「あなたが弟さんに会うのは久しぶりだし、わたしにくっついていてほしくないんじゃないかと思って」

「きみはくっついているわけじゃない。きみも招かれているんだよ。それに、男性ストリッパーも来るだろうし、きみは制服姿の男が大好きだってことはよく知っている」

「わたしを招いてくれたのはデイヴィッドよ。もし、あなたが弟とふたりきりで過ごしたいと思うのなら……」

「今夜は五十人くらい来るんじゃないかな。デイヴィッドと一瞬でも目を合わせられたら、それだけでラッキーだよ」

「でも、ほかの弟さんたちも来るんでしょう？」

「飛行機に乗るのも明日だ」

「あいつらは来ない」アレックスが言った。「飛行機に乗るのも明日だ」

「わかったわ。でもホットな砂漠の女の子たちがいたらどうするの？」

「ホットな砂漠の女の子たちって」彼が繰り返した。

「ストレートの男性として、あなたはきっとパーティーで一番の華になるわよ」

アレックスは首をかしげた。「つまりきみは、ぼくにホットな砂漠の女の子たちといちゃいちゃしてこいって言いたいのか？」

「そうは言わないけど、あなたにはそういう選択肢もあるって知っておいたほうがいいと思ったの。つまり、わたしたちが、その、ああなったからって……」

アレックスの額にしわが寄る。「きみは何がしたいんだ、ポピー？」

わたしは心ここにあらずで髪をいじった。「ビーハイブにしたかったんだけど、この髪のふくらみをなんとかしなきゃいけないみたい」

「いや、そうじゃなくて……」彼の声が力なく消えていく。「ゆうべのことを後悔しているのか？」

「してないわ！」わたしは顔を真っ赤にして言った。「あなたは？」

「いいや、全然」

わたしは振り返り、鏡越しにではなく直接アレックスと目を合わせた。「本当に？

だって、今日のあなたはろくにわたしを見もしなかったわ」

アレックスは笑ってわたしのウエストに触れた。「だって、きみを見るとゆうべのことを考えずにはいられなくなるから。古くさい男と呼んでくれてかまわないが、ぼくは一日じゅう興奮して張りつめたまま、ホテルのプールサイドに寝っ転がっていたくなんかなかったんだよ」

「本当に？」わたしの声には、彼がたった今、わたしのために愛の詩を朗唱してくれたかのような喜びがあふれていたかもしれない。

アレックスは洗面台の端にわたしをのせてキスをした。ゆっくりとした、濃厚なキス。彼の手はわたしの首の後ろを探り、ジャンプスーツのホルターネックの留め金を探す。それが外れると、わたしは弓なりに体をそらし、彼はウエストまでジャンプスーツを脱がせた。わたしの顎を手で包むと唇を自分の唇へと引き寄せ、キスが深まるにつれて、わたしは脚を彼の体に巻きつかせた。彼の空いているほうの手はわたしの裸の胸の上を這いまわった。

「わたしが病気だったときのこと、覚えている？」彼の耳にささやく。

腰を揺らしてわたしの腰に押しつけながら、アレックスは低くかすれた声で答えた。

「もちろんだよ」

「あの夜、あなたがすごくほしかった」わたしは彼のシャツの裾を引き抜きつつ告白した。

「あの週はずっと、目が覚めるたびに果ててしまいそうなほど興奮していた。もしもきみが病気じゃなかったら……」

わたしはアレックスに体を押しつけ、彼の唇がわたしの首筋にうずめられているあいだに彼のシャツのボタンを外す。「ヴェイルであなたがわたしを抱えて山をおりてくれたとき……」

「ああ、ポピー。きみがほしいと思わないようにするのにどれほど苦労したことか」

アレックスは洗面台からわたしをおろし、ベッドまで運んだ。

「キスしてる時間はないんじゃない？」わたしをベッドにおろしながら笑う彼の声が耳をくすぐる。「時間はどれくらいあるの？」

アレックスがわたしの胸の真ん中にキスをした。「遅刻すればいい」

「どれくらい？」

「必要な限り、いくらでも」

「待って、嘘でしょ」グーギー建築風の切妻屋根を擁するミッドセンチュリー様式の邸宅の私道に立ち、わたしは思わず声をあげた。「なんてすばらしいの。彼はこの場所全部を借りたの？」

「タムは超リッチだって言わなかったっけ？」

「聞いたかも。わたしが彼と結婚するにはもう手遅れかしら?」

「まあ結婚式まではあと二日あるけど、彼はゲイだよ。だから、結婚は無理なんじゃないかな」

笑っているわたしの手を、アレックスがつかんで握りしめる。どういうわけか、アレックス・ニルセンの手を握ってバチェラー・パーティーに参加するというのは、今さっきホテルで起こったすべてのシュールなこと以上にシュールに思えた。おかげでわたしは耳鳴りとめまいがして、最高に気持ちよく酔っ払っている気分だった。

わたしたちは音楽に吸い寄せられるように私道を歩いていき、途中で一本ずつ選んだワインのボトルを手に、涼しくて薄暗い玄関ホールへと足を踏み入れた。

アレックスは五十人くらい来るだろうと言っていたが、家のなかを通って奥まで行くと、少なくとも百人はいるように思える人たちが思い思いに壁にもたれ、金箔で見事に飾られた家具に腰かけていた。家の裏側の壁は全面ガラス張りで、紫と緑に照らされた巨大なプールを見晴らすことができる。片側は滝から水が流れこんでいた。服の着方もさまざまな人たちが、空気でふくらませるフラミンゴや白鳥の上でくつろいでいる。ラメがきらきら光るロングドレスを着こなした女性やドラァグクイーンたち。水泳パンツやTバック一枚の男たち。天使の羽をつけたり人魚の扮装をしたりしている人たちがいるかと思うと、おそらくリンフィールドから来たのであろう、まじめなスーツやペプラムドレス姿の人たちもいる。

「ワオ」アレックスが声をあげた。「こんなに羽目を外したパーティーに出るのは、そうだな、高校のころ以来だ」

「あなたとわたしでは高校時代の経験がまるで違うみたいね」わたしは言う。

するとそのとき、ウエーブのかかった金髪と少年のような笑顔が魅力的なアドニスのごとき青年がわたしたちに目を留め、座っていた卵形の吊り椅子から飛びだしてきた。

「アレックス！ ポピー！」デイヴィッドが両腕を大きく広げ、軽く酔っているようなきらめきをはしばみ色の瞳にたたえて近寄ってくる。彼はまずアレックスを抱きしめ、それからわたしの顔の両側をつまんで頬に片方ずつじっくりとキスをした。「すっごくうれしいよ、ふたりが――」つながれたわたしたちの手に視線を落とすと、彼は拍手をした。「手をつないでいるなんて！」

「どういたしまして」わたしが言うと、デイヴィッドは満足げに笑い、ふたりの肩に片方ずつ手を置いた。

「水でも持ってきてやろうか？」アレックスが兄貴モードを発動する。

「いや、いいよ、パパ」デイヴィッドが言う。「酒がほしい？」

「イエス！」わたしが言うと、デイヴィッドは手を振って合図をした。隅にいた給仕係は全身を金色のスプレーで塗られているため、動くまでまったく気づかなかった。

「ワオ」アレックスは偽の彫像が掲げるトレーからシャンパングラスをふたつ受け取って言った。「ありがとう、えっと……すごいな」

給仕係は隅へさがり、ふたたび石のように静止した。

「それで、タムは今夜はどうしているの？」わたしは尋ねた。「純金のヨットでドル紙幣を燃やしてたき火？」

「こんなことは言いたくないんだけどさ、ポピー」デイヴィッドが答える。「黄金のヨットっていうのは沈むんだよ。信じてくれ。ぼくたち、やってみたんだから。おふたりさん、ショットで飲んじゃう？」

「イエス」とわたしが言うと同時にアレックスは「ノー」と言った。

まるで魔法のように、ショットグラスがすでにわたしたちの手に握らされていた。ウオッカのゴールドシュレイガー割り、金粉入りのグラスだ。わたしたち三人はかちんとグラスを鳴らし、スパイシーかつ甘い液体をいっきに喉の奥へ流しこんだ。

アレックスが咳きこんだ。「これは嫌いだな」

デイヴィッドは兄の背中をぴしゃりと叩いた。「来てくれてうれしいよ、兄さん」

「もちろん来るさ。弟たちの結婚式にはたった三回出ればいいだけなんだから」

「そして一番のお気に入りの弟が一度きりの結婚をしようとしている」デイヴィッド

が言う。「幸運を祈ってて」

「あなたとタムはすばらしいカップルだって聞いてるわ」わたしは言う。「それに、彼は超リッチらしいじゃない」

「最高の金持ちさ」デイヴィッドは認めた。「彼は監督なんだ。ぼくたちは撮影現場で出会った」

「撮影現場で！」わたしは叫んだ。「さすが、やるわね！」

「わかってる。ぼくって、いかにもうぬぼれたハリウッド人だよね」

「ううん、全然そんなことはないわ」

プールのほうからデイヴィッドを呼ぶ声がして、彼は相手に〝ちょっと待って〟と合図をすると、またわたしたちのほうに向き直った。「自分の家だと思ってくつろいでいって——ぼくらの家でもないんだけどね、もちろん」それから彼はアレックスに言った。「でも超やかましくて、超楽しくて、超陽気な家で、裏にはダンスフロアもある。そこですぐまたふたりに会えることを期待しているよ」

「ポピーを誘惑するのはやめてくれ。彼女がおまえに恋してしまうじゃないか」アレックスが言う。

「ええ、でも、それは手遅れね。わたしはもう買い手がついちゃったから」

デイヴィッドはわたしの頭をつかんでまた頰にキスをし、アレックスにも同じことをして、目に見えない釣り竿にかかったふりをして踊るようにプールの女の子のほうへと去っていった。

「ときどき、弟はあまりにまじめすぎるんじゃないかと心配になるよ」アレックスが棒読みで言い、わたしが思わず噴きだすと、彼の口角があがって笑みがこぼれた。わたしたちはしばらくそこに立ったまま笑い、つないだ手を前後に振っていた。

「あなたは手をつなぐのが好きじゃないと思っていたけど」わたしは言った。

「きみは好きだって言ってたよね」

「だからなんだというの？　今のわたしは、ほしいものをなんでも手に入れてやることにしてるのよ」わたしはからかった。

アレックスの笑みが消え、穏やかで落ち着いた顔に戻る。「そうだよ、ポピー。きみはほしいものをなんだって手に入れる。それのどこが悪い？」

「あなたにも、望むものを手に入れてほしいと言ったら？」

アレックスが片方の眉を吊りあげる。「そんなことを言うのは、ぼくがどう答えるかわかっていて、からかいたいから？」

「まさか。どうして？　あなたはどう答えるつもりなの？」

わたしたちの手はつながれたままだった。「ぼくはほしいものを手に入れたよ、ポピー」

心臓が不規則に打つ。わたしはアレックスの手から手を引き抜くと、その手を彼のウエストに巻きつけ、頭をのけぞらせて彼の顔を見つめた。「わたし、今すぐここであなたといちゃいちゃしたい衝動に駆られてるんだけど、アレックス・ニルセン」

彼は首を曲げてわたしにキスをした。あまりに長いことキスをしているので、まわりで何人かが歓声をあげ始めたほどだ。わたしたちが離れると、彼は頬をピンクに染めて恥ずかしそうにしていた。「くそっ。興奮したティーンエイジャーになった気分だ」

「裏庭にあるイエーガー・ボム・ステーションが役に立つかも」わたしは言う。「あそこでカクテルを飲めば、上品で成熟した三十代の気分に戻れるわよ、きっと」

「現実的な案に聞こえるな。乗ったよ！」アレックスはそう言うと、わたしを裏庭のパティオへと引っ張っていった。

裏庭にはバーがあり、芝生の上にシーフード系のタコスを提供するフードトラックが停められていた。庭はその後ろまで続いていて、砂漠の真ん中にジェーン・オースティンの小説に出てきそうな庭園が広がっていた。

「自然保護（カンサーヴェイション）には向いていないかもしれないな」アレックスの言い方はまるでおじいちゃんみたいだった。

「そうね」わたしは同意した。「でも、会話（カンヴァセーション）には向いてるかもよ」

「そのとおりだ。ここならほかのみんなが倒れても、いつでも見知らぬ他人を巻きこんで、死にかけている地球についての思慮深いおしゃべりを続けられる」

わたしたちはいつの間にか、プールの端に座っていた。パンツとジャンプスーツの裾を膝の上までまくり、温水のなかで脚をぶらぶらさせていると、群衆のなかでデイヴィッドが興奮して怒鳴る声が聞こえてきた。「兄貴はどこだ？　兄さんに参加してもらわなきゃ」

「あなたが呼ばれているみたいよ」

アレックスはため息をついた。デイヴィッドが彼を見つけ、こちらへ駆けてきた。

「このゲームにぜひ参加してほしいんだ」

「負けたら一気飲み？」わたしは尋ねた。

「アレックスには飲ませないよ」デイヴィッドが言う。「兄さんなら絶対、一杯も飲まずにすむと思う。ぼくに関するトリビア・ゲームなんだから。やるよね？」

アレックスはひるんだ。「本当にぼくでいいのか？」

デイヴィッドは腕組みをした。「花婿としての命令だよ」

「タムと離婚したら許さないからな」アレックスは言い、のろのろと立ちあがった。

「いろんな理由で、それには同意するよ」デイヴィッドが応じる。

アレックスはゲームが始まろうとしているテーブルへと向かった。しかしデイヴィッドはわたしの横に残り、歩いていく兄の姿を眺めていた。「アレックス、いい感じだね」デイヴィッドが言う。

「ええ。そう思うわ」

デイヴィッドの視線がわたしに向けられ、彼もプールサイドに座りこんで脚を水に浸した。「それで。どうしてこうなったわけ?」

「こうって?」

彼は問いかけるように眉を吊りあげた。「こう」

「ええと」わたしはどう説明しようか考えた。何年も消えることのなかった不朽の愛、ときおり入りこむジェラシー、失われたチャンス、合わないタイミング、違う相手との恋愛、性的な緊張感の盛りあがり、けんか、そのあとの沈黙、そして彼なしで生きていくことの痛み。「わたしたちの泊まっていたエアB&Bのエアコンが壊れたの」

デイヴィッドは数秒間わたしを見つめ、それから両手に顔をうずめてくすくす笑いだした。「くそっ」顔をあげて言う。「ほっとした、と言わざるを得ないな」

「ほっとした?」

「うん」デイヴィッドが肩をすくめた。「ほら、なんていうか……今やぼくは結婚しようとしていて――自分がこのままLAで暮らすことになるってわかってるわけだけど、アレックスのことがずっと心配だったんだ。オハイオで、ひとりぼっちでいる兄さんのことが」

「彼はリンフィールドが好きなんだと思うわ。仕方なくあそこにいるという感じではないと思う。それに、彼はひとりぼっちじゃない。あなたたちの家族がみんなそこにいる。姪や甥がみんな」

「そこだよ、ぼくが言いたいのは」デイヴィッドはトリビア・ゲームが行われているテーブルのほうを見やった。ほかの三人の参加者が負けてキャラメル色のショットグラスを飲み干すなか、アレックスは勝ち誇った顔で水をすすっている。「兄さんは今、空っぽの巣みたいなものだ」デイヴィッドの唇がゆがんでへの字になり、それが兄とあまりにも似ていたので、わたしはその唇にキスしたいという衝動を覚えるとともに痛みを感じた。

デイヴィッドが言ったことを考えてみると、痛みはますます強まり、小さな赤いこぶのようになって胸郭の後ろに隠れた。「彼がそんなふうに感じていると思うの？」

「自分がぼくらを育てた、って？　三人の弟たちをちゃんと巣立たせるために感情的なエネルギーのすべてを注ぎこみ、ベティおばあちゃんを予約の時間に病院へ連れていき、学校に行くぼくたちの昼食を作り、親父が発作を起こしたときはベッドから連れだし、そんなことをしていたら突然、ぼくたちが家を出ていって、結婚し、子どもをもうけて家族を作り始め、いっぽう自分は家に取り残されて親父の面倒を見続ける羽目になった、って？」デイヴィッドはまじめな顔でわたしを見た。「いいや。アレックスは絶対にそんなふうには考えない。でも、ずっと孤独だったと思う。というか……ぼくたちはみんな、アレックスはサラと結婚するんだとばかり思っていたんだ。そうしたら……」

「ええ」わたしはプールから脚を引きあげ、胸の前に抱えこんだ。

「というか、アレックスは指輪だのなんだのって、いろいろ用意していたからさ」話を続けるデイヴィッドの横で、わたしの胃は沈んだ。「プロポーズするつもりだったんだと思う。ところが――サラは去り、そして……」彼はわたしの顔に浮かんだ表情を見て言葉を止めた。

「悪く取らないでほしいんだ、ポピー」彼は手をわたしの手に重ねた。「ぼくはずっと、あなたたちふたりが一緒になるべきだと思ってた。でもサラもすばらしい女性で、あのふたりは愛しあっていたから――とにかくアレックスには幸せになってほしい。アレックスがほかの人のことを心配するのをやめて、自分だけのものだと言える何かを手に入れてほしい。わかるよね？」

「ええ」わたしはそう言うのがやっとだった。まだ汗をかいていたけれど、体の内側はたちまち冷たくなっていた。〝彼はサラと結婚しようとしていた〟ということしか考えられなかったからだ。

トスカーナで、サラもそう言っていた。わたしはそれを何気ないコメントとして無視した。しかし今は、あの旅で起きたすべてのことを違う角度から見直さずにはいられなかった。

あれは三年も前のことだが、今でも鮮明に覚えている。もうじき太陽がのぼるというころ、アレックスとわたしはパティオにいた。わたしは腕をきつく体に巻きつけ、せっかちに爪を噛んでいた。石壁の上に妊娠検査薬が並べられ、アレックスの腕時計のアラームが鳴って、未来がどうなるかを知る時が来た。わたしがやっと落ち着きを取り戻したと思ったら、今度は彼が崩れ、わたしにすがって泣いた。

〝あなたにこんなことをしてばかりじゃいけないわね〟とわたしは言った。〝あなたを必要とすることをやめないと〟と。

アレックスは〝ぼくにもきみが必要だ〟と言ってくれたが、あそこにはトレイとサラもいた。いつもわたしたちを包み、世界からわたしたちを隔てているように思えた泡が弾け、わたしはあんなにも彼をほしいと思った自分が恥ずかしくなった。そしてアレックスも同じように思っているのがわかった。

〝トレイはいい人そうだ〟と彼は言った。それは〝ぼくらはもうこんなことはやめなければならない〟と言っているも同然だった。罪の告白をしたようなものだ。たとえキスをしたことがなくても、そういった言葉を口にしたことがなくても、わたしたちは心のすべてをお互いのためだけに捧げていた。

アレックスはサラと結婚したがっていた。それができないように邪魔していたのはこのわたしだと、今ならわかる。トスカーナ旅行のあと、彼女が二度目に彼と別れたのは、あそこで何が起こったのかを彼女が正確には知らなかったとしても、なんらかの痕跡が彼に残り、それがふたりの関係を悪いほうへと運んでしまったからなのだろう。

もしわたしが妊娠していたら、その子を産むと決心していたなら、アレックスは間違いなく、彼が手にしていたものをすべてあきらめて、わたしの力になるためだけに、そばにいてくれようとしたはずだ。

サラはいつものごとく、わたしという現実に対処するか、先に進むかを選ばなければならなかっただろう。わたしが彼女をそこまで追いこんでしまったのだろうか。わたしたちの友情のせいで、アレックスは結婚したいと思った女性を失うことになったのだろうか。そう考えると、わたしは恥ずかしさのあまり気分が悪くなった。自分がアレックスの人生にとどまることを正当化するために彼に対するより複雑な感情を無視したことに、罪悪感を覚えずにはいられなかった。

ボーイフレンドのやんちゃな弟たちや、妻を失った父親が彼を必要としていたのとは自分の欲求や幸せはまた別の話だ。

わたしはなんということのないただの女なのに、アレックスは自分の欲求や幸せはそっちのけで、いつもわたしの要求を最優先してくれた。そして今週いよいよ、わたしは利己的にもこんなことになってしまった。それがアレックスに対するわたしのデフォルトだったからだ。自分の望むものを彼に求める。それを彼に与えてもらう。たとえそれが彼にとってベストだとは限らなくても。

もう耳鳴りもめまいもしなかった。ただただ胃がむかついていた。

デイヴィッドがわたしの肩に片手を置いて微笑みかけ、全身を駆けめぐる複雑で痛みに満ちた感情の万華鏡にのまれていたわたしをどきりとさせた。「今やアレックスはあなたを手に入れたんだね。そう思うとうれしいよ」

「ええ」わたしはささやく。しかし心のなかの意地悪な小さな声が言う。〝違うわ。わたしが彼を手に入れたのよ〟

31

今年の夏

わたしは必死にバッグのなかをかきまわしてホテルのカードキーを探した。アレックスはそんなわたしの腰に腕をまわし、首の付け根に唇を当てて、ぐったりとわたしに寄りかかっている。わたしの頭のなかがこんなにごちゃごちゃと騒がしくなかったら、胃の奥からこんなふうに絶え間なく罪悪感と動揺が交互に押し寄せていなかったら、この状況も楽しめただろう。

ようやくバッグからカードキーを取りだすと、わたしはロックを解除してドアを押し開けた。アレックスがわたしの腰にまわしていた腕をほどく。わたしはすたすたと室内に入るなり、そのまままっすぐ洗面台へ向かい、プラスチック素材の大ぶりなイヤリングを外して棚の上に置いた。アレックスは不安そうな表情を浮かべ、室内に一歩入ったところで突っ立っている。

「ぼく、なんかした？」アレックスが声をかけてきた。

わたしは首を振り、コットンとアイメイクリムーバーの青いボトルを手に取った。何か言わなければいけないのはわかっていたけれど、口を開いたら泣いてしまいそうだった。それに、本当に泣きだしてしまったら、こんなことになったのはわたしのせいだということになるし、だからといって、それに対してどうしたらいいのかもわからない。そういうわけで、無言で首を振ることしかできなかった。アレックスには正直に話してもらいたい。だけど彼のことだから、きっと全力でわたしを安心させようとするだろう。わたしはコットンでまぶたを拭いた。黒のリキッドアイライナーがはがれ落ち、ウォーペイントを塗りつけたみたいになった顔を見て、『マッドマックス 怒りのデス・ロード』で女戦士を演じたシャーリーズ・セロンの火薬の煤（すす）で黒く汚れた顔をふと思いだす。

「ポピー」アレックスがふたたび声をかけてきた。「ぼくが何をしたのか言ってくれ」

わたしはくるりと向き直った。けれど、いきなりこんなへんてこな顔を見せられても、アレックスはにやりともしない。それだけ不安になっている証拠だ。彼をそんな気分にさせている自分が嫌でたまらない。「何もしてないわ」わたしは言い返した。「あなたは完璧よ」

今のアレックスの顔には、驚いた表情とむっとした表情の両方が浮かんでいる。

「ぼくは完璧なんかじゃない」

もうこうなったらさっさと終わらせてしまおう。絆創膏(ばんそうこう)をぴっとはがすように。

「サラにプロポーズするつもりだったんでしょう?」

アレックスは目を丸くして口を開きかけた。ところが、その驚いた顔はたちまち傷ついた表情に変わった。「いきなりなんの話だ?」

「わたしはただ……」いったん目を閉じて、脳内で流れ続ける騒音を止めようとするかのごとく、しばし前頭部に手の甲を押し当てた。それから、ふたたび目を開けた。アレックスの表情からは何も読み取れない。彼がそのつもりなら、わたしもここで引くわけにはいかない。絶対にありのままのアレックスを暴いてみせる。「デイヴィッドが教えてくれたのよ。あなたが指輪を買ったと」

アレックスはごくりと唾をのみこみ、バルコニーへ続くスライド式のガラスドアに目をやってから、わたしに視線を向けた。「きみに言わなくてごめん」

「そんなことはどうでもいいのよ」わたしはこみあげてくる涙を押し戻した。「わたし……あなたがそんなにサラを愛していたなんて全然気づかなかったわ」

アレックスがふっと笑い声をもらす。だが、おもしろがっている様子はみじんもなく、その顔に浮かぶ表情はこわばっていた。「もちろん、サラを愛していたさ。ぼくたちはくっついたり離れたりしながら何年もつきあってきたんだ。ポピー、きみだってこれまでつきあってきた男たちを愛していただろう」

「ええ、そうね。別にあなたを責めているわけじゃないの。ただ……」わたしは頭を振り、考えを整理しようとした。そして、たっぷり一時間はかかる話をできるだけ簡潔にまとめあげた。「問題なのは、指輪なのよ。あなたは指輪を買ったのよね」

「ああ、買ったよ」アレックスがあっさり返してきた。「でも、ポピー、なんでそれをきみに怒られなきゃいけないんだ？　きみだってトレイとつきあっていたじゃないか。飛行機で世界中を飛びまわっているトレイとね。きみもあの男の膝に座って、世界各地を旅していた――普通に考えてみろよ。そんなきみを幸せじゃないと思うかな？　ここはやはりきみが振り向いてくれるのを待っていようと、ぼくは思わなければいけなかったのか？」

「アレックス！　わたしはあなたに怒ってるんじゃないの！」思わず声を荒らげた。

「自分に怒っているのよ！　あなたの幸せを邪魔していることに気づかなかったから。あなたに多くを求めすぎていたから――あなたには夢見ていたことがあったのに、わたしがそれを遠ざけてしまったから、そんな自分に腹が立ってしょうがないのよ」

アレックスが鼻で笑う。「ぼくが夢見ていたことってなんだい？」

「なぜサラはあなたと別れたの？」負けじとわたしは嚙みついた。「その原因はわたしとはなんの関係もないと言って。サラはこれのせいで――わたしたちのあいだにあることのせいで——あなたとの関係を終わりにしたわけではないと言ってちょうだい。わたしはあなたの人生から消えたから、サラは考え直す必要はいっさいなくなったと。ねえ、アレックス、そうだと言って。あなたが今もまだ独身で子どもがいないのも、それ以外にもあなたが望むことをまだ叶(かな)えていないのも、わたしのせいではないと言ってよ」

アレックスがじっと見つめてきた。その顔は無表情で、目は暗く曇っている。

「黙っていないで、早く言って」アレックスは無言でこちらを見つめたままだ。室内に広がる沈黙が、頭のなかの騒音を増大させる。

しばらくして、ようやくアレックスが頭を振りながら口を開いた。「もちろん言うまでもないが、きみのせいだ」

まるで彼の言葉が炎をあげて襲いかかってきたみたいに、わたしはさっとあとずさった。

「ぼくたちがサニベル島へ行く前に、サラとは別れた。ぼくは旅行中ずっと罪悪感にさいなまれていたよ。なぜなら、こんなことばかり考えていたからさ。〝ポピーにも退屈な男だと思われたくない〟と。サラのことは家に帰るまで頭の片隅にもなかった。きみと一緒にいるときはいつもそうだ。きみ以外の人はどうでもよくなるんだよ。そして旅行が終わると、いつものようにきみはいなくなり、ぼくはまたもとの生活に戻る……サラとよりを戻したとき、以前とは違うと思った。ずっとよくなっていると思ったんだ。ところが、サラはトスカーナに行きたがらなかった。彼女を説得して、ようやく一緒に行くことに同意してくれたんだ。それはもう必死にサラを説得したよ。きみとの関係をどうしても断ちたくなかったからね。きみたちふたりが友だちになれたらいいと、淡い期待も抱いた。そうなったら好都合だと考えていたんだ」パーティー会場に置かれていた給仕像のごとく、アレックスは硬直して立っている。

「そしてあの日、突然きみが妊娠したかもしれないと言いだした。正直言って、あれは強烈なひと言だったよ。ぼくは心底ぞっとした。それでパイプカットをしようと思い立ったんだ。まずはサラに相談してから決めようなんて一瞬も頭に浮かばなかった。サラには何も言わずに手術の予約をした。それから数日後のことだ。その日、たまたまアンティークショップの前を通りかかったとき、指輪を見つけたんだ。こう思ったよ。〝完璧な婚約指輪じゃないか。これは買ったほうがいいな〟ってね。その次に思ったのは、〝いったいぼくは何をしているんだ？〟だった。指輪を買おうとしたことだけでなく――ちなみに、よく考えてみたら、あれはサラの好みにかすりもしなかった――パイプカットの手術を受けようとしたことも。それもこれも全部ひっくるめて、ぼくはすべてきみのためにしようとしたんだ。まったくいかれているよな。それは自分でもわかっているんだ。それに、こんなふうにきみのことばかり考えているのは、サラに対しても失礼だった。だからぼくはサラとの関係を解消した。その日のうちに」

アレックス首を横に振った。「あの当時は、自分でも自分のことが怖かった。そんな状態だから、きみにも何があったのか言えなかったんだ。きみをどんなに深く愛しているかに気づいたときには、われながらぎょっとしたよ。そうこうしているうちに、今度はきみとトレイが別れた――まあ、そういうことだ。ポピー、すべてきみのせいなのさ。何から何まですべてきみのせいなんだ。ひとつ残らずね」

今やアレックスの目はうるみ、洗面台の薄暗い明かりを受けて涙が光っている。肩をこわばらせてたたずむ彼の姿に、わたしは内臓をナイフでえぐりだされたような気持ちになった。

アレックスはかすかに頭を振った。見逃してしまいそうなほど、とても小さな仕草だ。「だからといって、きみが何かしたわけでもないのにね」アレックスがふたたび口を開く。「ぼくは自分を取り巻く状況がいい方向に変わってほしいと願い続けた。でも、何も変化はなかったよ」

彼は一歩足を前に踏みだした。わたしは必死に気持ちを落ち着かせようとした。口からゆっくり息を吐きだすと、肩の緊張がふっとゆるんだ。アレックスがまた一歩近づいてくる。そのまなざしは暗く沈み、口元はゆがんでいる。「サラとの関係を終わらせる前に、ぼくは長いあいだ迷ったんだ。彼女をすごく愛していたからね」アレックスはいったん口をつぐみ、また話し始めた。「サラとはうまくやっていきたかった。彼女はすばらしい女性だし、ぼくたちふたりの相性もよかったんだ。似た者同士で、阿吽（あうん）の呼吸というか……単純明快で、わかりやすくて、一緒にいて居心地がよかった」

アレックスの言葉が途切れる。彼はまた頭を振った。涙で光る彼の目は川面（かわも）を連想させた。危険でもあり、荒々しくもあり、美しくもある川の水面を。「きみを愛するように、ぼくは誰かを愛せるんだろうか。正直言って、その自信はないよ」アレックスがふたたび口を開く。「それがとてつもなく怖い。とはいえ、それはそれでなんとかやっていけると思えるときもあるんだ。だが次の瞬間には、きみを失ったらどうしようと考えている自分がいる。そしてパニックに陥り、きみから離れようとした——だいたい、きみを幸せにできるかどうかもわからないしね。ところが、このあいだの夜——ひどくばかげて聞こえるだろうが、ふたりでティンダーを見ていたとき、きみはぼくに合いそうな相手を見つけてあげると言っただろう。きみにしたら何気ないひと言でも、ぼくには何か重要なことのように感じたんだ。それで、あの夜、ぼくはきみのその言葉にこめられた意味を何時間もかけて探り当てようとした。見事に失敗したけどね。というか、途中でやめたと言ったほうが当たっているかな。ぼくだってわかっているんだ。自分がきみの思い描く理想の相手ではないことくらい。ぼくたちはどう見ても合わないことくらいわかっている。きっとぼくたちはうまくいかないことも。たぶん、ぼくじゃきみを幸せにはできないことも――」

「アレックス」わたしは両手を伸ばしてアレックスを抱き寄せた。彼もわたしの腰に両手をまわすと、覆いかぶさるようにして頭をさげた。「わたしを幸せにするのは、別にあなたの務めじゃないわ。ねえ、わかった？　いくらあなたでも世界中のみんなを幸せにはできないの。わたしはあなたがこの世に存在してくれているだけで幸せよ。これがわたしの幸せなの。だから、あなたは何も悩む必要はないわ」

アレックスはわたしの背中に手を滑らせた。わたしは彼のシャツを強く握りしめた。「うまく言えないけど、あなたがわたしを愛しているのと同じように、わたしもあなたを愛しているわ。怖いのはあなただけじゃないのよ」わたしは目をぎゅっとつぶって、先を続ける勇気をかき集めた。

「でも、どうしようもない気分になるときもあるわ」わたしの声は細くかすれて、割れていた。「わたし、いつも思うの。心の奥をのぞかれたら終わりだと。そこには醜いものとか、かわいくないものとかがあるから。わたしはまともなんだと感じさせてくれる人はあなただけよ」頰にアレックスの指が触れた。わたしは目を開けて、彼と視線を合わせた。「本当のわたしを知ったらあなたの気持ちは変わるかもしれない。

それが何よりも怖いの。でも、わたしはあなたのすべてを知りたい。だから素の自分を見せる勇気を持つつもりよ」

「きみに対するぼくの気持ちは何があっても変わらないよ」アレックスがつぶやく。「きみがヤク中の水上タクシーの運転手とセックスするために家のなかへ入っていったあの夜から今までずっと、きみを愛するのをやめようと無駄な努力を重ねているんだ」

わたしは声をあげて笑い、アレックスはほんのちょっぴり微笑んだ。わたしは彼の頬を両手で包み、唇にそっとキスをした。アレックスがすぐにキスを返してくれる。その涙に濡れた性急で激しいキスを受け、わたしの体じゅうに衝撃の波が広がっていく。

「ひとつだけお願いを聞いてくれる?」

アレックスはわたしの背中に両手を添えた。「何?」

「あなたがそうしたくなったときは、いつでもわたしの手を握ってね」

「ポピー」アレックスが唇を離す。「常にきみに触れていなくてもいいと思う日がいつか来るかもしれない。だが、それは今日ではないよ」

リハーサル・ディナーはタムが開業間もないころに出資したビストロで開かれた。

その店内はキャンドルが煌々と輝き、クリスタルガラスの特注シャンデリアがいくつも天井から吊るされている。いよいよ明日は牧師の立ち会いのもとに新郎ふたりの結婚式が執り行われるが、今夜は挙式のリハーサルはしない。それでも、北カリフォルニアに住むタムの親族全員と、昨夜のパーティーにも来ていたデイヴィッドの友人たちが集まり食事会が開催される。

「なんてすてきなの」ビストロに足を踏み入れたとたん、思わず感嘆の声がもれた。

「こんなおしゃれなところに来たのは初めてよ」

「ニコライが今の言葉を聞いたら、ひどく傷つくだろうな」アレックスが返す。

「でも、あの燻蒸テントはわたしにとって永遠に特別な場所よ」わたしはそう請けあい、彼の手をきつく握りしめた。その瞬間、ふたりの手の大きさがあまりにも違うことを改めて実感し、背筋にぞくぞくしたものが走った。「ねえ、覚えている？コロラドに行ったとき、わたしの手がスローロリスの手になって気を失いそうになったのよね。あれは足首を捻挫したあとだったわ」

「ポピー」アレックスが指摘する。「ぼくはすべて覚えている」

わたしは目を細めて彼を見あげた。「でも、あなたが言った――」

アレックスがため息をつく。「ああ、自分が言ったことはわかっている。だから、今言い直すよ。ぼくは全部覚えている」

「あのね、あなたみたいな人を世間では嘘つきと言うのよ」

「いや、嘘つきとは違う」アレックスが言い返してきた。「そもそも全部覚えているなんて、あえて声を大にして言うことではないだろう。だって、恥ずかしいじゃないか。ぼくたちが初めて会った日にきみが何を着ていたかも、まだ正確に覚えているんだ。きみがテネシーのマクドナルドで注文したものも覚えている。ポピー、頼むから、少しくらい威厳を保たせてくれよ」

「もう、アレックスったら」幸せな気持ちで胸がいっぱいになりつつも、わたしは彼をからかった。「大学のオリエンテーションにカーキ色のズボン姿で現れたあなたには、初めから威厳などなかったわ」

「おい！」アレックスがむっとした口調で言う。「たしか、きみはぼくを愛しているんだったよな。自分の言ったことをもう忘れたのか？」

恥ずかしいわけでもないのに、わたしの頬はぽっと熱くなった。「忘れていないし、これからも忘れないわ」

アレックスを愛している。そして、彼はすべて覚えている。なぜなら、彼もわたしを愛しているから。なんだか体のなかで金色の紙吹雪が大量に噴きだしているような気分だ。

ふいに店の奥のほうから声が聞こえてきた。「ひょっとして、そこにいるのはミス・ポピー・ライトかな？」

ミスター・ニルセン。だぶだぶのグレーのスーツを着たアレックスの父親がこちらに近づいてくる。ブロンドの口ひげは、前に会ったときと幅も形も同じだ。アレックスはわたしとつないでいた手を離した。どういうわけか、父親の前ではわたしと手をつなぎたくないらしい。だけど、それでアレックスの気が楽になるのなら、わたしはまったくかまわなかった。

「こんばんは、ミスター・ニルセン！」突然、アレックスの父親がわたしの一メートルほど手前でぴたりと立ち止まった。にこやかに微笑んではいるが、わたしとハグする気はさらさらないようだ。彼のスーツの襟には滑稽なほど大きな虹のピンが刺してある。

「その呼び方はよしてくれ」アレックスの父親が口を開く。「きみはもう子どもじゃないんだ。おれのことはエドでいい」

「それなら、わたしのこともエドと呼んでください」

「はあ」アレックスの父親は返答に困っている。

「ポピーは冗談を言っているだけだよ」アレックスが助け舟を出す。

「そうか」エド・ニルセンは半信半疑の口調だ。アレックスの顔が赤くなる。わたしの顔も赤くなった。

今は彼を困らせていいときではない。「ベティおばあちゃんのことは本当に残念でしたね」わたしは真顔に戻った。「彼女はとてもすてきな女性でした」

エドがしょんぼりと肩を落とす。「ああ、ベティはおれたち家族の大きな支えだった」彼が言葉を続ける。「彼女の娘と同様に」そう言ったとたん、エドの目にみるみる涙が浮かんできた。彼はワイヤーフレームの眼鏡を外し、ため息をつきながら目をぬぐった。「おれたちはベティなしでこの週末を乗りきれるのかどうか正直わからないよ」

エドには同情せずにはいられない。彼は愛する女性を失ってしまったのだ。しかも二度も。

でも、それを言えば、彼の息子たちも同じだ。そのひとりがここにいるのもおかまいなしに、父親は人前もはばからずに、ぼろぼろ涙を流して悲しみに浸っている。そんなエドの姿を見ているうちに、怒りみたいなものがこみあげてきた。

わたしの隣にいるアレックスは、近づいてくる父親に気づくなり、あっという間に無表情になった。遅ればせながら、その理由に思い当たった。

別に大声でわめきたてるつもりはないけれど、わたしは皮肉のひとつでも言ってやりたくなった。「でも、大丈夫ですよ。あなたなら乗りきれます。だって、息子さんが結婚するんですよ。彼にはあなたが必要です」

エドは悲しげな子犬みたいな顔を向けてきた。「ああ、もちろんだ」少し動揺しているような口ぶりだった。「悪いが、そろそろ……」彼は最後まで言わず、アレックスをただ見つめて肩をぎゅっと握ると、そのまま離れていった。

アレックスが大きく息を吐きだした。わたしは彼に向き直った。「ごめんなさい！みっともないことをしちゃったわ。本当にごめんなさい」

「いや、いいんだ」アレックスはふたたび手をつないできた。「きみはぼくの父親に容赦なく一番認めたくない真実を突きつけただろう。そのおかげで、ぼくのポピー・フェチぶりにさらに磨きがかかったよ」

「そういうことなら、あの口ひげについても、認めたくない真実を教えてあげましょう」

歩きだしたわたしを、アレックスが止めた。彼はわたしの腰に両手を添え、耳元で低くささやいた。「もし今夜、ぼくがきみにポルノ顔負けの激しいキスをしなかったら、この旅が終わるときに教えてほしい。ぼくはセラピーに通うよ。なぜ家族の前で幸せな気持ちを素直に表現できないのか、その原因を知るためにね」

「なるほど。こうしてわたしのアレックス・ニルセン・心のセルフケア・フェチが誕生するわけね」

アレックスがわたしの側頭部にすばやくキスした。

ちょうどそのとき、子どもたちのはしゃぎ声や歓声がビストロの入口のほうからなだれこんできた。アレックスは後ろに一歩さがった。「どうやら姪と甥が来たみたいだ」

32

今年の夏

ブライスには四歳と六歳の娘がふたりいる。キャメロンには二歳になったばかりの息子がひとり。そして、タムの姉の娘は六歳だ。四人のちびっ子たちが笑い声を響かせ、豪華なシャンデリアの下を駆けまわっている。

アレックスも笑顔でちびっ子たちを追いかけだした。彼はちびっ子四人組につかまりそうになると、わざと床に倒れこんだ。そして彼が子どもたちをつかまえたときは、空中に抱きあげてきゃっきゃと喜ばせている。

おもしろくて、自由で、茶目っ気のあるアレックス。これが子どもたちと一緒にいるときの彼の姿だ。突然、わたしも追いかけっこに引きずりこまれた。子どもにどう接したらいいのか見当もつかないけれど、こうなったらベストを尽くすしかない。

「わたしたちはプリンセスよ」タムの姪、キャットがわたしの手に手を滑りこませた。

「だけど戦士でもあるの。だから、あのドラゴンを倒さなきゃ！」

「アレックスおじさんがドラゴンなの？」わたしの問いかけに、キャットは目を大きく見開き、いかめしい顔をしてうなずいた。

「でも、やっぱり倒さない」キャットは息せき切って言葉を継いだ。「ペットにするわ。そして、わたしたちの言うことを聞かせるの」

テーブルの下で、ニルセン一族の攻撃をひとりまたひとりとかわしながら、アレックスはわたしに悲しげな子犬みたいな視線を投げかけてきた。

「いいわね」わたしは相槌を打った。「それで、ドラゴンに何をさせたいの？」

戦士とドラゴンのあいだで一進一退の攻防が続いた。そうこうするうちに、カクテルアワーが始まり、それから食事の時間になった。テーブルの上には、ヤギのチーズとルッコラ、夏カボチャとバルサミコ酢、赤玉ねぎのピクルスとグリルした芽キャベツといったグルメ志向のピザのほかに、レイチェル・クローンが小ばかにするピザの純粋主義者には垂涎ものの、ありとあらゆる食材をトッピングしたピザがずらりと並んでいる。

アレックスとわたしは子どもたちと同じテーブルについた。ピザを食べ終えたとき、ほろ酔いかげんになったブライスの妻アンジェラから、そのことでえらく感謝された。

「もちろん、子どもたちのことは愛しているわ。でも、ときには『ペッパピッグ』以外の話をしながら食事をしたくなるの」

「でも、わたしたちは食事中ずっとロシア文学の話ばかりしていたわよ」アンジェラはげらげら笑い、わたしの腕をぴしゃりと叩いた。そして、そばにいたブライスの腕をつかみ、彼を会話に引き入れた。「ハニー、ポピーったらおもしろいことを言うのよ」

アンジェラにしがみつかれたブライスの体は少しこわばっている——いかにもニルセン家の男らしい——それでも、彼は妻の腰に手を添えたままだ。アンジェラにうながされ、わたしはブライスにも同じ話をした。けれど、彼はくすりとも笑わず、ただぼそりとまじめな感想を口にした。「ロシア文学か。それはおもしろい」これもニルセン家の男たちに根づいた癖だ。

食後のデザートとコーヒーが運ばれてくる前に、タムのお姉さん(大きくふくらんだおなかのなかでは双子が育っている)が椅子から立ちあがった。彼女は水の入ったグラスをフォークで叩き、テーブルの上座のほうへ注意を向けさせた。「わたしたちの両親は人前で話すのがあまり得意ではないので、ふたりに代わって今夜はわたしが乾杯の音頭を取らせてもらいます」

彼女はひとつ深呼吸をして話しだした。すでに目には涙が浮かんでいる。「いつもいらいらさせられていた弟が、いつしかわたしの一番の親友になるとは誰が想像できたでしょう」彼女は北カリフォルニアで育った子ども時代の思い出話から始めた。激しい姉弟げんかをしたことや、タムが無断で彼女の車を使ったこと、あげくの果てに、彼が電柱に車をぶつけたことまで。やがてふたりは大人になり、彼女が最初の夫と離婚したときに、姉弟の関係にも大きな転機が訪れた。彼女は救いの手を差し伸べてくれたタムと暮らすようになり、ふたりはしょっちゅう一緒に映画を楽しんだ。彼女が最も心に残っている作品は『メラニーは行く!』だった。その映画を観て泣いている弟をからかいつつも、ソファに並んで座って続きを見ているうちに、気づいたらふたりとも笑いながら泣いていた。そして映画を観終わったあと、真夜中にアイスクリームを買いに行ったことも忘れられない思い出になっているという。

「わたしが再婚を決めたとき」彼女はさらに続けた。「もうあなたと一緒に住むことはないかもしれないと思うとすごく悲しくなったわ。あなたがデイヴィッドの話をし始めたときから、彼に夢中なのは一目瞭然だった。わたしはあなたを失ってしまうのが怖くて、それでデイヴィッドに会いに行ったの」

彼女が顔をしかめてみせた。終始リラックスした様子のタム側の家族からはどっと笑いがわき起こったが、デイヴィッドの家族は控えめに笑っただけだ。「すぐにわたしはもうひとり親友ができたと直感したわ。完璧な結婚なんてものは存在しないけれど、あなたたちふたりは触れるものすべてを美しくできる。これは、この先のふたりの人生でも変わることはないでしょう」

　タムのお姉さんに盛大な拍手が送られ、ハグやキスが続くなか、厨房から給仕係がデザートを持って出てきた。そのとき突然、ミスター・（エド・）ニルセンが立ちあがった。彼はぎこちなく体を揺らし、そうしたほうがいいと思ったのだろう、水の入ったグラスをナイフで軽く叩いた。

　デイヴィッドは椅子のなかで体を動かした。アレックスは肩をいからせ、父親に目を向けている。

「ええと」エドが口を開く。

「出だしは絶好調だな」アレックスがこわばった声でささやいた。わたしはテーブルの下で彼の膝をぎゅっと握りしめてから、彼と手をつないだ。

　エドは眼鏡を外してテーブルの上に置くと、咳払いをした。「デイヴィッド」新郎たちのほうへ向き直る。「おれのかわいい息子。おれたちは決していつもいい関係だったわけではない。これはまぎれもない事実だ。おまえは父親のおれに思うところがたくさんあるだろう。それもよくわかっている」エドは静かな声で言い添えた。「だが、おれにとっては、いつもおまえは太陽の光だった……」エドがふっと息を吐きだした。こみあげてくる感情をなんとか抑えようとしているのがわかる。彼はふたたび話し始めた。「おれは父親失格だ。おまえのそばにいなければいけないときに、いたためしがない。だが、おまえの兄貴たちがこうして立派におまえを育ててくれた。おれはそれを誇りに思う。そして、おまえのような息子を持って、おれは鼻が高いよ」エドは床を見おろした。やがて毅然と顔をあげる。「理想の男と結婚するおまえを見られて、おれは鼻が高い。タム、家族になってくれてありがとう」

店じゅうに拍手が響き渡る。デイヴィッドはエドに近づいていった。彼は手を差しだしかけたものの、思い直して父親を抱き寄せた。短くてぎこちないハグ。けれど、ハグはハグだ。それに、うれしいことに、アレックスの肩からも力が抜けている。結婚式が終わったら、またすべてもとに戻ってしまうのかもしれない。でも、ひょっとしたら、すべてがらりと変わるかもしれない。

実際、ミスター・ニルセンはゲイプライドのシンボルである虹のばかでかいピンをつけてきた。もしかすると、双方が愛したいという気持ちを持てば、案外いつもいい人間関係を築けるのかもしれない。結局は、愛がすべてなのかもしれない。

食事会を終えて、わたしたちはホテルに戻ってきた。アレックスがシャワーを浴びているあいだ、わたしはテレビをつけてベッドに寝転び、リモコンでザッピングを続けていた。そして『バチェラー・イン・パラダイス』の再放送を見つける。それから間もなく、アレックスがバスルームから出てきた。彼はベッドにのぼり、わたしを抱き寄せた。彼がだぶだぶのTシャツを脱がせやすいように、わたしは両腕を頭上に伸ばした。アレックスの手がわたしの胸を包み、唇がわたしのおなかに触れる。「小さな戦士」アレックスがキスをしながらささやく。

今回はすべてが違った。穏やかで、優しく、ゆっくりした行為。手や、唇や、体で気持ちを伝えあいつつ、わたしたちはじっくりと時間をかけた。

〝愛している〟アレックスが幾通りもの言い方で愛を表現する。そのたびに、わたしも同じ言葉を返した。

行為が終わると、わたしたちは汗に濡れた体をからめあって横たわり、乱れた息が落ち着くまで深呼吸を繰り返した。口を開いたら、わたしたちのどちらからも〝明日はこの旅の最終日〟という言葉が出てくるだろう。そして次に、〝ふたりはこれからどうなるのか〟という言葉が続く。その答えはまだ出ていない。

だから、わたしたちは無言のまま眠りについた。そのあいだに夜が明けて、朝になった。アレックスがコーヒーふたつとコーヒーケーキを持って、ランニングから戻ってきた。わたしたちはキスを交わした。まさに部屋が燃えそうなほど激しいキスを。夢中になって唇を重ねあわせているうちに、いよいよ出かける時間が迫ってきた。わたしたちはやっとの思いで唇を離して、結婚式へ向かう準備を始めた。

会場は錬鉄製の門と豪華な庭のあるスペイン風の屋敷だった。その庭にはヤシの木と円柱が立ち並び、濃い色の長い木のテーブルと背もたれの高い手彫りの装飾が施された椅子が置かれている。テーブルの上に飾られた花はすべて鮮やかな黄色で統一され、ひまわりとデイジーに小さな野花のついた細いつるをからませてある。そして、白い服を着た四人の弦楽奏者が奏でる、うっとりするようなロマンチックな曲でゲストを迎えてくれる。

さらに、果てしなく広がる芝生の上にも、背もたれの高い椅子が二列に並び、そのあいだの通路に沿って黄色い花が置かれていた。式は甘美なものだったが、短かった――アップビートな弦楽器バージョンの『ヒア・カムズ・ザ・サン』が流れるなか、新郎たちが通路を戻るとき、デイヴィッドがその理由を教えてくれた――〝パーティーの時間だ！〟

時間はあっという間に過ぎた。胸に巣くう痛みが、夜が近づくにつれていっそう深くにもぐりこんできた。まるで今夜を二度繰り返しているみたいな感覚に陥る。同じ映画のふたつのバージョンがわずかに重なって上映されているみたいな感覚に。

今、ここで七品のすばらしいベトナム料理を食べているわたし。それと同時に、無関心な大人たちの足のあいだを縫って逃げる子どもたちを追いかけたり、子どもたちとテーブルの下に隠れているアレックスを探したりしているもうひとりのわたし。

『シュガー・オン・ミー』が大音響で流れ、ごった返す人の群れに汗のしずくやシャンパンが雨のごとく降り注ぐダンスフロアで、アレックスとマルガリータを一気飲みしているもうひとりのわたし。フラミンゴズが登場し、『瞳は君ゆえに』を歌っているあいだ、アレックスの首の付け根に顔をうずめているもうひとりのわたし。そのわたしは、これまでの十二年間よりももっと深く彼のにおいを記憶にとどめようとしている。いつでも意のままに思いだせるように。今夜起きたすべての出来事をすぐに思いだせるように。わたしの腰を強く抱きしめるアレックスの腕や、わたしのこめかみに触れる彼の少し開いた唇、抱きあっているだけでほとんど揺らさない彼の腰を。

これまでの人生で最もすばらしい夜を経験しているポピー。そして、今夜の出来事を遠くから眺め、すでに恋しがりながらも、時間を巻き戻してもう一度これをすべて繰り返すのは永遠に不可能だとわかっているもうひとりのポピー。

わたしたちはこれからどうなるの？　この言葉をアレックスに投げかけるのは怖い。自分自身に問いかけるのも怖い。わたしたちは愛しあっている。求めあっている。

だけど、それだけでは状況は変わらない。

だから、今はアレックスの腕のなかで、自分にこう言い聞かせている。この瞬間を目いっぱい楽しもう。バケーションは楽しまなきゃ損よ。バケーションには必ず終わりが来るのだから。

結婚式のいちゲストとして過ごす七日間。それくらいの日数では人生も人も変わらない。旅先に強い思い入れを抱くわけでもない。ただ、少しのあいだ現実を忘れられる。それが旅というものだ。

曲が終わった。

ダンスも終わった。

ほどなく、ゲストたちがお互いに手を組みあわせて長いトンネルを作り始めた。そして優しい光でライトアップされたそのトンネルのなかを、デイヴィッドとタムが走り抜けていった。ふたりの顔は光を受けてきらきらと輝き、深い愛情に満ちている。

やがて、ゆっくりと眠りに落ちるみたいに夜は静かに幕をおろした。

アレックスとわたしは、一緒にお酒を飲んだりダンスをしたりして、すっかり打ち解けたほかのゲストたちと別れの挨拶を交わした。帰りの車内は無言だった。わたしたちはひと言も話さないままホテルに到着した。アレックスはシャワーも浴びず、服も脱がなかった。わたしたちはただ抱きあってベッドに横たわり、眠りについた。

翌朝、わたしたちは寝坊した。

ふたりとも目覚まし時計をセットするのを忘れてしまったのだ。アレックスの体内時計も機能せず、ホテルのまわりをぶらぶらする時間もなかった。目を覚ましたときには、すでにかなりまずい状況で、わたしたちはあわててバッグに服を詰めこみ、ベッドの下にソックスやブラジャーやそのほかもろもろのものが落ちていないかどうか確認するのが精いっぱいだった。

「そうだ！　アスパイアを返さなきゃいけないんだった！」アレックスがバッグのファスナーを閉めながら叫ぶ。

「今、電話するわ！」わたしも叫び返した。「もしつながらなかったら、五十ドルほど上乗せして彼女に支払うことにして、空港まで乗っていきましょう」

結局、アスパイアの持ち主とは連絡が取れず、今わたしたちは空港に向かって猛スピードで道を突っ走っている。神様、どうか出発時間に間に合いますように。

「ああ、シャワーを浴びたかったな」アレックスが助手席のウインドウをさげて、髪を手ですいた。

「シャワーですって？　昨夜、わたしは眠りに落ちる寸前にこう思ったわ。〝トイレに行きたい。でも、朝まで我慢しよう〟って」

アレックスはちらりとわたしを振り返った。「このあいだ、きみは空になったカップを置きっぱなしにして車をおりただろう。いざとなったら、それを使えばいいんじゃないか」

「ひどい！」まったくアレックスときたら記憶力がよすぎる。彼の言うとおり、空のカップは足元に転がっているし、後部座席のドリンクホルダーにも入っている。「それを使わずにすむよう祈っていて。あいにくわたしは射撃の名手ではないの」

アレックスは笑ったが、その笑い方はぎこちなかった。「まさかこんなふうに一日が始まるとは思ってもいなかったよ」

「わたしだって。でも、それを言えば、この旅自体が驚きの連続だったわ」

この言葉にアレックスは微笑み、シフトレバーをつかむわたしの手を口元に持っていった。けれどもキスはしない。

「何よ、わたしの手、べたべたしてる?」

アレックスは首を横に振った。「いや、きみの肌の感触を覚えておきたくて」

「あら、なんてすてきなの。でもアレックス、それは連続殺人犯が言う言葉ではないわよ」

わたしはこの状況からなんとか気をそらそうと軽口を叩いてみた。ほかにどうすればいいのかわからなかった。わたしたちは一緒に大急ぎで空港に駆けこんだあと、搭乗ゲートであわただしく別れることになる——あるいは駐車場で別れて、それぞれ別の方向に走っていくことになるかもしれない。どちらにしても、ラブコメ映画好きのわたしとしては受け入れがたい別れ方だ。まじめな話、アレックスと別れるときのことを考えないようにしないと、パニック発作を起こしてしまいそうだった。

奇跡と、何度か黄色信号を勢いよく走り抜けたおかげで(それに空港の駐車場にアスパイアを乗り捨てたあと、配車サービスのドライバーにわいろを渡さなければならなかった)、なんとか空港に到着し、搭乗手続きを終えた。アレックスが乗る便のほうが十五分早く出発する。わたしたちは空港内のショップでグラノーラバーと『R+R』の最新号を買い、アレックスの飛行機の搭乗ゲートへ向かった。

ゲートに到着するとすぐに、搭乗が始まった。彼のグループ番号が呼ばれるまでは、まだ少し時間があるようだ。わたしたちは汗をかき、息も切らしてただ立っていた。バッグをかけている肩は痛いし、硬い素材のキャリーケースが何度もぶつかったせいで足首も痛い。

「空港ってなんでこんなに暑いのかな?」アレックスが口を開いた。

「それってジョーク?」

「いいや、本当に知りたいんだ」

「ニコライのアパートメントに比べたら、ここは北極並みに寒いわよ」

アレックスの笑顔が引きつっている。わたしたちのどちらも、この状況にうまく対処できていない。

「それで」アレックスが言う。

「それで?」

「今回の旅の記事はスワプナに気に入られると思うかい? 植物園は真っ昼間のうちに閉園するし、回転木馬は危険なほど熱かっただろう? あれじゃ、お尻がやけどしてしまうよ」

「ああ、その話ね」後ろめたくなり、わたしは咳払いをした。アレックスにこの旅について嘘をついていたことを今の今まで忘れていた。彼と一緒にいられるのはあと数分しかない。だけど、その最後の貴重な時間を使ってでも打ち明けたほうがいい。

「厳密に言うと、『R＋R』はこの旅を許可しなかったかもしれないわ」

アレックスの眉が吊りあげる。「許可しなかったかもしれない？」

「それどころか、はっきりと却下したかも」

「ぼくをおちょくっているのか？　だったら、なぜこの取材旅行の費用を――」わたしの顔に浮かんだ答えを読み取り、アレックスは言葉を切った。「ポピー、こんなことはするべきじゃなかった。きみはひと言ぼくに言うべきだったんだ」

「わたしが費用を持つって知っていたら、あなたはこの旅行の話に乗った？」

「いいや、絶対に乗らなかった」

「でしょうね」わたしは言い返した。「そうだと思った。でも、あなたにはちゃんと言うべきだったわ。どう考えても、ひと言言うべきだった」

「電話してくれればよかったんだ」アレックスが正論を突きつけてくる。「メールでもよかった。ぼくたちはまた連絡を取りあうようになったんだから……それでお互いに納得できる妥協点が見つけられたかどうかはわからないが」

「そうね。だけど、いろいろあったのよ。仕事はうまくいかないし、気分もずっともやもやしていて、何もやる気が起きなかったの――この先どうしたらいいのかわからなくなって、レイチェルに相談したわ。そのときに……わたしは仕事に関しては望んでいたものをすべて手に入れたんだから、また何か新たに打ちこめるものを見つけたらいいんじゃないかと、彼女に言われたの。それで、最後に心から何かを楽しんだのはいつだったかって考えてみたら――」

「つまり何が言いたいんだ？」アレックスが首を横に振る。「レイチェルに言われたのか？　ぼくをだまして、一緒に旅行に行けばいいと」

「違うわ！」わたしの胸に焦りがふくらんでいく。「そうじゃないのよ！　どうしてこうなるの？　話せば話すほど収拾がつかなくなっていく。レイチェルのお母さんがセラピストでね、その心の専門家によれば、長年の目標を達成すると鬱状態に陥ってしまうのはよくあることらしいの。人生の目標がないと無気力になるものなんですって。だから、レイチェルは人生をひと休みしてみるのもひとつの手だと提案してくれたの。そうしたら自分が望んでいることがはっきりするかもしれないからって」

「人生のひと休みね」アレックスはつぶやき、口をへの字に曲げた。彼の目は暗く曇っている。

その表情を見れば、間違ったことを言ってしまったのは一目瞭然だった。すべてがわたしはますます焦りを感じた。「あなたと旅行に行ったときが最後だったの。あれ以来、楽しいことはひとつもなかったわ。わたしはただそれが言いたかっただけなのよ」

「それできみは、嘘をついてぼくを旅行に連れだしたってわけか。そして、ぼくとセックスして、ぼくを愛していると言って、ぼくの弟の結婚式にも参列した。なぜなら、きみは人生をひと休みしたかったから。そういうことだろう？」

「アレックス、それは違うわ」わたしはアレックスに手を伸ばした。

彼はさっとあとずさり、顔をそむけた。「ポピー、頼む。ぼくにさわらないでくれ。考えたいんだ」

「何を考えたいの？」感情がこみあげてきて、声がかすれる。いったい今は何が起こっているのだろう。なぜ彼を傷つけてしまったのだろう。どうしたら仲直りできるのだろう。どれひとつ答えがわからない。「どうしてそんなにいらだっているのよ？」

「本気だったからさ！」アレックスがわたしと視線を合わせた。

みぞおちに鋭い痛みが走る。「わたしも本気だったわ！」

「ぼくは本気だった。これは嘘偽りのない本心だ。衝動的な感情じゃない。ぼくは何年も前からずっときみを愛してきた。ぼくだっていろいろな角度から考えてみたよ。でも、やっぱりきみを愛していたんだ。きみにキスする前から、ぼくは自分が何を望んでいるのか、はっきりわかっていた。二年間、ぼくらは話もしなかっただろう。だけど毎日きみのことを思っていたよ。それでも、きみに考える時間をあげた。きみがそれを望んでいると思ったからだ。そしてこの二年のあいだ、同じ質問を自分に問いかけ続けた。もしきみがぼくと一緒にいたいと決めたら、何をするか、何をあきらめるか。この二年間、ぼくの心は揺れ続けてもいた。きみが幸せになれるなら、そのときはきっぱりときみのことはあきらめて前に進もうと思う日もあれば、もしものときのために、きみの家の近くに仕事先やアパートメントを見つけようと思う日もあったよ」

「アレックス」わたしは頭を振り、喉にからまっている言葉を押しだした。「知らなかったわ」

「ああ、そうだろうな」アレックスは目を閉じて、額をこすった。「今の言葉を聞いても驚かないよ。きみに話すべきだったのかもしれない。だが、ポピー、悪いけどぼくはきみが旅行先で会った、あの水上タクシーの運転手とは違う」

「それってどういう意味?」わたしは噛みついた。アレックスが目を開ける。そこに涙が浮かんでいることに気づき、彼の腕に触れようと手を伸ばしかけたが、思いとどまった。〝ぼくにさわらないでくれ〟と言われたのを思いだしたのだ。

「ぼくはきみの人生の気晴らし（バケーション）じゃないんだ。物珍しい経験でもない。ぼくはただ、この十年間ずっときみを愛し続けている男だ。これを本気で望んでいるのかどうかわからないなら、きみはぼくにキスなんかするべきじゃなかったんだよ。きみはあまりにもずるすぎる」

「わたしはこれを望んでいるわ」そうは言ったものの、何を望んでいるのかわからない自分もいる。

わたしは結婚を望んでいるの？

子どもがほしいの？

オハイオ州のリンフィールドで、七〇年代に流行（はや）った中二階のある家に住みたいの？

アレックスが人生に求めているものを共有したいの？

どれも今まで考えたことがない。アレックスはそれを見抜いている。

「きみはわかっていない」アレックスが口を開いた。「そう顔に書いてある。ポピー、ぼくはきみの一時的な退屈しのぎになるために、仕事を辞めることはできないし、家も空けられないし、家族も放っておけない」

「アレックス、わたしだってそんなことはあなたに求めていないわ」指のあいだからこぼれ落ちていく砂をあわててかき集めようとしているみたいに、わたしは必死になっていた。アレックスが砂のごとくわたしの手のなかからすり抜けていく。このままでは、彼をもとの姿に戻すことは二度とできない。そんな絶望的な気分だった。

「わかっているよ」アレックスは額のしわをこすり、顔をしかめた。「くそっ、それくらいわかっているさ。ぼくが悪いんだ。きみの誘いに乗ったぼくがうかつだった」

「やめて」アレックスに触れたくて仕方がないけれど、体の両脇で拳を握りしめてこらえた。「そんなふうに言うのはやめて。ちゃんと答えを見つける。わたし……しっかり考えて、答えを出すわ」

グループ6の搭乗開始を告げるアナウンスが流れた。最後に搭乗する客たちが列を作って並びだす。

「もう行くよ」アレックスがわたしと目も合わせずに言う。

涙で目が曇った。肌は熱くて、ちくちくする。まるで体がいっきに縮み、骨が押しつぶされるような鋭い痛みを感じた。「愛しているわ、アレックス。この気持ちが何よりも重要でしょう?」

アレックスがわたしのほうに向き直った。その暗い目は苦しみと切望に満ちている。

「ポピー、ぼくもきみを愛している。だが、ぼくたちの問題はそこではない」彼は振り返って搭乗ゲートを見た。列にはほとんど並んでいない。

「お互い家に帰ったら、また話しましょう。話しあえばきっと解決できるわ」

アレックスがわたしに視線を戻す。彼の顔には苦悶の表情が浮かび、目のまわりは赤くなっている。「いや」静かな声で言う。「ぼくたちはしばらく話さないほうがいい」

わたしは頭を振った。「アレックス、わたしたちは話しあうべきよ。一緒に問題を解決するべきだわ」

「ポピー」アレックスは手を伸ばし、軽くわたしの手を握った。「ぼくは自分が何を望んでいるのかわかっている。だが、きみはわかっていない。まずは自分でそれを突き止めてくれ。きみのためなら、ぼくはなんだってする。だけどこれに関しては、きみを助けられない。きみ自身が、自分は何を望んでいるのか見つけだすんだ。ぼくは――」アレックスはごくりと唾をのみこんだ。列に並んでいた人たちはすでに全員いなくなっている。もう時間切れだ。彼はかすれた声を絞りだした。「ぼくはきみの気晴らしの道具になるのはごめんだ。きみの都合のいい男になるつもりはない」

彼の名前が喉で止まって口から出てこない。アレックスは身をかがめ、わたしの額に額を合わせた。わたしは目を閉じた。ふたたび目を開けたとき、アレックスはボーディング・ブリッジを歩いていた。振り返りもせずに、彼はわたしの前から去っていく。

わたしはひとつ深呼吸をして、床に置いていたバッグを持ちあげ、自分が乗る飛行機のゲートに向かった。

搭乗待合室の椅子に両膝を胸に抱き寄せて座り、顔を膝にうずめて隠した。そして、涙が流れるままにまかせて泣いた。

人生で初めて、空港が世界一孤独な場所になった。今、その現実を嫌というほど思い知らされている。

人々はそれぞれ思い思いの方向へ散っていく。空港内には何百人もの人が行き交っているけれど、わたしとつながっている人は誰ひとりいない。

33

二年前の夏

わたしたちのクロアチア旅行には『R+R』の年配の専属カメラマンも同行していた。

バーナードという名前の男性だ。彼は声が大きく、いつもフリースベストを着ていて、しょっちゅうアレックスとわたしのあいだに割りこんできた。そのたびに、わたしたちは彼の禿げ頭越しに変顔を作って視線を交わしあった（若いころは百六十八センチあったと言い張るバーナードはわたしより背が低い。だから、わたしたちのふざけた表情には気づいていない）。

今、わたしたちは三人でドゥブロヴニクの旧市街に来ている。高い城壁に囲まれた迷路のようなこの美しい街は、岩の海岸と紺碧のアドリア海沿いにある。

これまで一緒に旅をしたカメラマンは、みんな一匹狼（いっぴきおおかみ）タイプだった。だけど最近奥さんを亡くしたばかりのバーナードは、ひとりになるのをひどく嫌がる。彼はいい人だが、超がつくほど社交的でおしゃべりなのが玉に瑕だった。実際、街のなかを見てまわっているあいだじゅう、ずっとバーナードは質問攻めにしてアレックスを疲れさせた。バーナードの口から次々と飛びだす質問は、〝はい〟か〝いいえ〟で答えられるものばかりで、彼自身は気づいていないようだが、それはすべて自分が分かちあいたい話をするきっかけを作るためだった。

バーナードの話には名前や曜日がたくさん出てくる。しかも長い。彼にとって、正確を期すことは何よりも大切なのだ。そのため、ある出来事が起きた曜日が最初に思っていた木曜日ではなく、水曜日だと確信できるまで、ときに彼の話は四回も五回も行ったり来たりする。

わたしたちはドゥブロヴニクから満員のフェリーに乗ってコルチュラ島へ向かった。そこで滞在するホテルはコンドミニアムスタイルで、『R+R』が二部屋予約してくれた。どちらも海が見渡せる部屋だ。どういうわけかバーナードは彼とアレックスが相部屋になると思いこんでいた。いったい、どこをどうしたらそういう結論に行き着くのだろう。彼は『R+R』の社員だ。部屋をひとりで使うのは当然の権利だし、おまけにアレックスはわたしのゲストとしてこの旅に同行している。

わたしたちはそれをバーナードに伝えようとした。

「ああ、そうだね。だが、わたしはかまわないよ」どうも彼と会話が噛みあわない。

「それに、たまたまここにはベッドがふたつあるじゃないか」

完全にお手上げだった。ここはアレックスとわたしが使う部屋で、ベッドがふたつあるのはそのためだということを、なんとかバーナードにわかってもらいたいのはやまやまだったが、わたしたちは気の毒な彼に同情してしまい、これ以上の説得をあきらめた。部屋はどちらもモダンで、内装は白とステンレスで統一されている。そのうえ、青く輝く海が見渡せるバルコニーもある。だが、壁も天井もぺらぺらの紙みたいに薄く、わたしは毎朝、上の階の部屋に滞在している三人の小さな子どもたちの走りまわる音や奇声に起こされる羽目になった。それだけではない。ランドリールームの乾燥機と壁のあいだで何かが死んでいたのだ。今やフロントデスクに電話して、早くどうにかしてほしいと訴えるのが日課となっていた。そのたびに、フロントスタッフはわたしが出かけているあいだに十代の少年を部屋に送りこんでくる。だが、部屋に戻るとレモンっぽい甘いにおいがするところからして、どうやらその少年はただ窓を開けて、部屋じゅうにライゾールをスプレーしているだけのようだ。事態はよくなるどころか悪くなるばかりで、日ごとにレモンのにおいより死んだ動物の腐敗臭のほうが強くなっていった。

最悪だ。この旅をこれまでで最高のバケーションにしたかったのに。

ひどい腐敗臭に、明け方から大声で泣きわめく子どもたち。そして、バーナード。まさにトリプルパンチだ。トスカーナ旅行から戻ったあと、特に話しあったわけでもないのに、アレックスとわたしは少し距離を置くようになった。わたしたちは毎日メールを交換する代わりに、二、三週間おきに近況を報告しあった。そのうちまたもとの状態に戻るだろうと軽く考えていたけれど、思いどおりにはいかなかった。アレックスに対しても。トレイに対しても。

わたしはよりいっそう仕事に打ちこんだ。自分にまわってきた取材はすべて引き受け、ときには立て続けに旅行に出かけたこともある。最初のうちは、トレイと一緒にいると幸せしか感じなかった——馬に乗るのも、ラクダに乗るのも、火山トレッキングも、絶壁から滝に飛びこむクリフジャンプも——本当に何もかもが楽しくて仕方がなかった。だけど、わたしたちの終わりなき旅にも終焉（しゅうえん）のときが徐々に近づいていた。まるでわたしたちは今にもＦＢＩが突入してきそうなのに、この絶体絶命の現状をなんとかしようとまだあがいているふたり組の銀行強盗みたいだった。

トレイと言い争いが絶えなくなった。彼は早く起きたい。わたしはゆっくり寝ていたい。わたしは歩くのが遅すぎる。彼は大声で笑いすぎる。わたしはウエイトレスにちょっかいを出す彼にいらだち、彼は歩いている通りに立ち並ぶすべての店をのぞきたいわたしにいらだつ。

ニュージーランドへ取材旅行に出かける一週間前に、わたしたちは恋人関係を解消した。

「おれたちはもう一緒にいても楽しめない」トレイからそう切りだしてきた。

わたしはほっとして笑いだした。彼とはこれから友だちとしてつきあっていくことになった。涙は出なかった。この六カ月のあいだに、ふたりの人生はゆっくりと違う方向へ向かっていた。そして、トレイとわたしは最後に一本残った糸をハサミでちょきんと切るように別れた。

アレックスにそのことをメールで伝えると、彼からは〈何があった？　大丈夫かい？〉と返信が来た。

〈メールではなく、今度また会ったときに話すわ〉わたしは胸をどきどきさせながらメールを送った。

〈了解〉アレックスからそう返ってきた。

それから数週間後、彼がメールをくれた。そこには、サラとふたたび別れたと書いてあった。

まったく予想外だった。アレックスが博士号を取得したあと、ふたりは一緒にリンフィールドへ引っ越した。勤め先も同じ学校だ——これは全世界がふたりの関係を認めたくらいの奇跡だった。アレックスの話から、てっきりサラとはうまくいっているものと思っていた。ふたりはこのうえなく幸せだと。アレックスとサラは本当にお似合いのカップルだった。だが実は、ずっと彼はサラとの個人的な問題をひと言も言わなかっただけだった。だから、わたしがこう考えるのも当然だ。

〈それについて話したい？〉わたしはそうメールを送った。心のなかでは怖さとうれしさが交錯していた。

アレックスから返信が来た。〈きみと同じく、今度会ったときに話すほうがいいかな〉

二カ月半待って、ようやくこの話ができるときが来た。アレックスに会いたくてたまらなかった。もう誰にも気兼ねせずに、彼と会える。もう気持ちを抑えなくてもいい。もうお互いに近づきすぎないように気をつけなくてもいい。もうお互いに触れないように気をつけなくてもよくなった。

ところが、バーナードが現れた。

彼とは、夕暮れにカヤックを楽しむのも一緒。コルチュラ島内にある家族経営のワイナリーめぐりをするのも一緒。毎晩シーフード料理を食べるのも、寝る前のナイトキャップを飲むのも一緒だ。彼は疲れを知らない。〝バーナードは神かもしれない〟アレックスがぽつりとつぶやいた。それを聞いて、わたしは飲んでいた白ワインにむせた。

「アレルギーかい?」バーナードが言った。「わたしのハンカチを使うといい」

彼は刺繍(ししゅう)入りのハンカチを差しだした。

何かやらかしたらいいのに。今ここでいきなりデンタルフロスを取りだして、歯の掃除を始めたりしないだろうか。あるいは、ほんの一時間でいいからアレックスとふたりきりにさせてほしいと言う勇気を与えてくれるようなことを、バーナードが何かやらかさないだろうか。

これまでアレックスとはいろいろなところに出かけたが、そのなかでも今回は最高で最悪の旅行になった。最高だったのは、どこに目を向けても景色が美しかったこと。最悪だったのは、一秒たりともアレックスとふたりだけの時間を持てなかったことだ。

今夜はクロアチア最後の夜だ。わたしたち三人はレストランのテラス席に座り、夕日が西の海をピンク色と金色に染めて沈んでいき、あたり一帯が深い紫色に包まれる様子を眺めながら、ワインを浴びるほど飲み続けてぐでんぐでんに酔っ払った。ホテルに戻ってきたときには、空の色は漆黒に変わっていた。アレックスとわたしはへとへとに疲れきり、それぞれの部屋の前で別れた。こんなに疲れているのは、ワインの飲みすぎだけが原因ではない。

十五分後、部屋のドアをそっとノックする音が聞こえた。パジャマ姿のままドアを開けると、そこにアレックスが立っていた。彼は満面ににやにや笑いを浮かべている。

「あら、びっくり！　これは奇跡だわ！」わたしは舌をもつれさせて言った。

「そうかい？」アレックスが返す。「きみがせっせとバーナードにワインを飲ませていたのは、この状況を作るためだと思っていたよ」

「彼、寝たの？」

「大いびきをかいて爆睡してる」わたしたちは笑いだした。アレックスがわたしの唇に人差し指を当てる。「しいっ。昨夜もその前の夜も、ぼくはこっそり部屋から抜けだそうとしたんだ。でも二回ともバーナードが目を覚まして——ベッドから飛び起きて——ぼくは固まってしまって、結局ドアまでたどり着けなかった。あのときは一瞬、またタバコを吸い始めようかと思ったね。タバコは部屋から出る言い訳の定番だろう？」

くすくす笑いが止まらない。笑いすぎて、わたしの体は熱くほてってきた。「バーナードがあなたのあとをついてまわると本気で思っているの？」わたしは唇に押し当てられたままの指の隙間から声を出した。

「それを確かめる気にはなれなかったな」ふいに壁をはさんだ向こう側から、なんとも哀れないびきが聞こえてきた。わたしはまた笑いだし、膝から力が抜けて床に沈みこんだ。アレックスもわたしと一緒になって笑いながら床に崩れ落ちる。

わたしたちは折り重なって倒れた。そして耳を澄ます。たちまちいびきが聞こえ、わたしたちは声を殺し、体を震わせて笑い続けた。突然、雷みたいないびきが轟いた。わたしは声をあげて笑い始めたアレックスの腕をぴしゃりと叩いた。

「きみが恋しかったよ」ようやく笑いがおさまったところで、アレックスがにやりとして言った。

「わたしもあなたが恋しかった」そう返した、わたしの頬がうずく。アレックスはわたしの顔から髪を払い、指に巻きつけた。「でも、今はわたしの目の前にあなたが三人いるわ」わたしは体勢を整えようとしてアレックスの手首をつかみ、片目を閉じて彼を見つめた。

「ワインを飲みすぎたんじゃないか?」アレックスはちゃかすように言い、わたしの首の下に腕をまわした。

「違うわ。それはバーナードよ。わたしはほんのほろ酔い程度ね」頭が心地よくくらくらしていた。アレックスの手のぬくもりが首から爪先へとゆっくり伝わっていく。

「猫ってきっとこんな気持ちなのね」

アレックスが笑う。「どんな気持ちなんだい?」

「そうね」わたしは首を左右に小刻みに動かし、アレックスの手のひらに頭をのせた。

「それは……」ふわふわと気持ちよくなってきて、言葉が続かない。彼の指が髪に軽く差しこまれ、地肌をくすぐる。わたしはうっとりとため息をもらし、その指に頭を押しつけた。そして、ふたりの額を触れあわせて彼の胸に手を当てた。アレックスがわたしの手に手を重ねる。わたしは彼の指に指をからめ、彼をまっすぐ見つめた。わたしたちの鼻が軽く触れる。アレックスは顔をあげて、わたしの顎を指で撫でた。心のなかで思う。彼はわたしにキスをしようとしている。

わたしはアレックス・ニルセンとキスをしようとしている。

ふんわりと心地いいほろ酔い気分で交わすキス。最初は、すべてがジョークであるかのように、わたしたちは笑いあっていた。だけどアレックスの熱い舌がわたしの下唇をなぞり、次に彼の歯がわたしの下唇をそっと嚙んだときには、もうふたりとも笑っていなかった。

わたしはアレックスの髪に両手を差し入れた。すると、アレックスはわたしの体を引きあげ、自分の膝の上に座らせた。彼は両手でわたしの背中を撫でおろしてヒップを強くつかんだ。わたしの息が震え、呼吸が速くなる。アレックスが唇を重ねてきた。彼の舌がわたしの口のなかに深く滑りこんでくる。彼の味は甘く、清らかで、うっとりするほどすてきだった。

わたしたちはせわしく手を動かしあい、歯を立てて甘嚙みしあい、服をはぎ取りあい、肌に爪を食いこませあった。おそらく今もバーナードはいびきをかいて寝ているだろう。けれど、わたしの耳にはアレックスの浅い息遣いや、わたしの名前を何度も呼ぶ声や、激しく脈打つ自分の鼓動しか聞こえなかった。わたしはアレックスの膝にまたがり、腰を揺らし続けた。

わたしたちはお互いを求め、夢中で突き進んだ。わたしはアレックスがもっとほしくて、彼のベルトに手を伸ばした——なぜなら、彼はベルトをつけているから。アレックス・ニルセンにとって、ベルトは必須アイテムだ——ところが、アレックスはわたしの手首をつかみ、ベルトのバックルを外すのをやめさせた。彼の髪はくしゃくしゃで、唇は蜂に刺されたみたいに腫れあがっている。初めて見るアレックスの乱れた姿はたまらなく魅力的だった。

「やめよう」アレックスのかすれた声が聞こえた。

「やめる?」ものすごい勢いで壁に激突して止まった気分だ。彼が何を言っているのかぴんとこなくて、わたしの頭のまわりをアニメの小鳥がぱたぱた飛びまわっている。

「こういうのはよくない」アレックスが言い直す。「ぼくたちは酔っ払っている」

「酔った勢いでいちゃつくのはいいけど、セックスはだめなの?」わたしはばかばかしくて笑いだす。おまけに失望もしていた。

アレックスの口の端がゆがむ。「いや、そうじゃない。ぼくは酔っ払っていて、まともな判断ができない状態でこういうことはしないほうがいいと——」

「そう」わたしはアレックスからさっと離れ、乱れたパジャマを直した。なんて無様なのだろう。みぞおちを殴られたみたいに、目に涙が浮かんできた。わたしは床から立ちあがった。アレックスも立ちあがる。「あなたの言うとおりだわ。こういうのはよくないわね」

彼は切なそうな表情を向けてきた。「ぼくはただ……」

「もういいわ」わたしは早口で言い返した。水が大量に入りこんでくる前に、急いでボートに開いた穴をふさいでしまいたい。そんな焦りを感じていた。たしかに、あんなふうにわれを忘れて突き進むのは間違っていたけれど、何も問題はないとアレックスを納得させたかった。わたしたちの友情にガソリンをまいて火をつける必要はないと。「たいしたことじゃないわ。忘れましょう」わたしは揺るぎない口調で続けた。「あなたはこう言いたいのよね。わたしたちはそれぞれワインのボトルを三本ずつ空けて、まともに頭が働いていなかったと。アレックス、わたしたちのあいだには何も起こらなかった。そういうことにしましょう」

アレックスがこわばった顔でじっとこちらを見ている。彼が何を考えているのかはわからなかった。「そんなことができると思っているのか?」

「ええ、もちろんできるわ」わたしは言ってのけた。「アレックス、わたしたちには長い友情の歴史があるのよ。酔った勢いで犯したたったひと晩の過ちくらい帳消しにできるわ」

「そうか」アレックスがうなずく。「わかった」一瞬、沈黙が落ち、ふたたび彼は口を開いた。「もう寝るよ」わたしをちらりと見てつぶやく。「おやすみ」そしてアレックスは部屋から出ていった。

その後、わたしはいらいらと数分ほど行ったり来たりを繰り返し、それからベッドに這いのぼった。だけどなかなか眠れず、うとうとしかけるたびに不発に終わった情事が脳裏に浮かんできた。飢えたように唇をむさぼりあった彼とのキスが。耐えがたいほど屈辱的なふたりの会話が。

夜が明けて目が覚めたとき、ほんの刹那、昨夜の出来事はすべて夢だった気がした。けれど、あっという間に現実へ引き戻され、わたしはよろよろとバスルームまで歩いていき、鏡をのぞきこんだ。今どき時代遅れのキスマークが首についている。その赤いあざを見つめているうちに、ふたたび昨夜の記憶がよみがえってきた。

この先、アレックスとのあいだに起きたことには二度と触れるまい。すっかり忘れたふりをしよう。わたしは全然大丈夫で、わたしたちの関係はこれまでと何も変わらないふりをするのが一番いいだろう。

わたしたち――バーナードとアレックスとわたし――はコルチュラ島をあとにして、空港へ向かった。到着するなり、バーナードはトイレを探しに行き、アレックスとわたしはあれから初めてふたりきりになった。

アレックスが咳払いをする。「昨夜はごめん。ぼくがすべての発端だったのに……本当にばかなことをしてしまった」

「もういいから」わたしは努めて軽い口調で返した。「気にしないで」

「きみがまだトレイとの別れから立ち直っていないのはわかっていたんだ」アレックスはぼそりとつぶやき、視線をそらした。「それなのに、どうしてあんな軽率なまねをしてしまったのか……」

クロアチアに来る何週間も前から、トレイのことなんてほとんど考えもしなかった。昨夜はアレックスのことしか頭になかった。これはいいことなの？　それとも、悪いこと？

「あなただけが悪いんじゃないわ」わたしは声を強めた。「ふたりで始めたの。あれはただの成り行きよ。アレックス、友だち同士が酔っ払ってキスをした。それだけのことだわ」

少しのあいだ、アレックスはわたしを見据えていた。「わかったよ」その言葉とは裏腹に、彼は納得しているふうには見えなかった。むしろ彼は今、世界サックス会議に大勢の連続殺人犯と一緒に参加しているような表情を浮かべている。

アレックスの表情に胸が強く締めつけられた。「じゃあ、この話はこれでもう終わりでいいわね？」お願い、終わりにしましょう。わたしは心のなかで願った。

ちょうどいいタイミングで、バーナードがトイレから戻ってきた。さっそく彼はかつて訪れた空港のトイレの話を始めた。それは五月の第二日曜日の母の日だった――バーナードが自信を持って言いきる――その空港のトイレの個室に入ったとき、壁の両側にトイレットペーパーがびっしり設置されていたと。アレックスとわたしはまともに視線を合わせなかった。

クロアチア旅行から戻っても、アレックスにはすぐにメールを送らなかった。彼のほうからメールが来たら、わたしたちは以前と同じようにつきあえるだろう。わたしはそう考えた。

ところが一週間経っても、アレックスからはうんともすんとも言ってこなかった。とうとうしびれを切らしたわたしは、彼に地下鉄でおもしろいTシャツを着た人を見かけたと簡単なメールを送ってみた。彼から返信が来た。〈へえ〉たったこれだけだった。それから二週間後、わたしはふたたびアレックスにメールを送った。〈元気なの?〉またしても、アレックスからの返信は短かった。〈ごめん。ずっと忙しかったんだ。きみは元気?〉

わたしはただひと言、〈もちろん〉と送り返した。

アレックスは忙しい。わたしも忙しい。以上。

わたしたちは境界線を引いて、ずっと一定の距離を保ち続けていた。それなのに、あの夜は欲望のままに暴走してしまった。その結果がこれだ。アレックスはわたしのほうを見ようともせず、わたしのメールにまともに返信しようともしない。十年間の友情が崩れかけていた。アレックス・ニルセンのキスの味を知った代償はあまりにも大きかった。

34

今年の夏

あの初めてのキスのことばかり考えている。ニコライのアパートメントのバルコニーでしたキスではない。二年前のクロアチアでのキスのほうだ。あれからずっと、あの夜の出来事を一面からしか見ていなかった。でも、今はまったく違って見える。

わたしはこれまで、アレックスは起きたことを悔やんでいたのだと思っていた。でも、今ならわかる。彼は状況を悔やんでいたのだと。酔った勢いにまかせて、わたしの気持ちがはっきりとわからないままキスしてしまったことを。わたし自身も自分の気持ちをわかっていなかったのだけれど。アレックスはたいしたことではないと一笑に付されるのが不安だった。それなのに、わたしはたいしたことではないふりをした。

わたしはこれまで、アレックスに拒絶されたと思っていた。アレックスはわたしのことを彼の気持ちを考えない無神経な女だと思っていた。わたしは彼を傷つけてしまった。それを考えると胸が痛んだ。たぶんアレックスが正しいのだろう。これが、一番始末が悪い。

なぜなら、たとえわたしにとってあのキスにはなんの意味もなかったとしても、たとえ今の今まで深く考えてもみなかったとしても、一度目のキスも、二度目のキスも、アレックスにとっては大きな意味があったのだから。

「ポピー?」スワプナがわたしの作業スペースをのぞきこんだ。「ちょっといい?」

わたしはデスクに張りついて、四十五分以上もシベリア観光のウェブサイトを見ていた。それでわかったのは、シベリアは美しい場所らしいということと、自主的に亡命の道を選ぶ場合はこれ以上完璧な場所はないということだけだ。わたしはそのウェブサイトを閉じた。「ええ、大丈夫ですよ」

スワプナはちらりと振り返り、オフィスにほかにも人がいるのを確認した。「少し散歩でもしない?」

パームスプリングスから戻ってきて二週間が過ぎた。ニューヨークはまだまだあたたかい日が続いているが、それでもそこここから秋の気配を感じる。スワプナはバーバリーのトレンチコートをつかみ、わたしはヴィンテージのヘリンボーンコートをつかんでオフィスを出ると、通りの角にあるコーヒーショップへ向かって歩きだした。

「実は、気になっていることがあって」スワプナが口を開いた。「なんとなく最近のあなたは落ちこんでいるように見えるの」

「そうですか」自分では、目下心に抱えている問題をうまく隠せているつもりだったのに。実際、夜は必ず四時間ほど運動してから眠り、疲れが取れないまま朝を迎えるという毎日を繰り返しているうちに、日中は頭がぼうっとして、電話をしたらアレックスは出てくれるだろうかとか、留守番電話にメッセージを残したら、アレックスは折り返しかけてきてくれるだろうかとか、余計なことを考えないでいられた。

それに、なぜこの仕事はオハイオでやっていたバーテンダーと同じくらい退屈なのだろうと考えないでもいられた。今やもう『R+R』の仕事にやりがいを見いだせなくなっていた。おまけに、心の声が一日じゅうこうささやくのだ。〝わたしは完全に行き詰まってしまった〟と。できるものなら、自分の体を引き裂いてこの言葉を取りだしてしまいたくなるほど、それはもう執拗にささやきかけてくる。

〝なんとなく最近のあなたは落ちこんでいるように見えるの〟と言われたときは、さすがの観察力に驚いた。スワプナの言うとおりで、このところずっとわたしの気分は沈みっぱなしだった。

〝わたしは完全に行き詰まってしまった〟この言葉の意味をもっと掘りさげたくて、わたしは一日に何度も心に問いかけていた――〝何に行き詰まったの?〟――そのたびに、いつもこんな声が返ってくる。〝すべてに〟

わたしはまだ自分が大人になりきれていない気がした。オフィス内を見まわすと、同僚たちはタイプを打ったり、電話に出たり、予約をしたり、文章の編集作業をしたりしていた。それぞれがいろいろな悩みを抱えながら仕事をしているはずだ。だからこそ、そんなふうにできない自分が情けなくなり、自己嫌悪に陥ってしまう。

近ごろでは、自分に責任を持つ生き方を途方もなく大きな挑戦に感じていた。〝明日もまたこれをしなければならない。あさっても、しあさっても〟ソファから這いおり、冷凍食品を電子レンジに入れてあたたまるのを待つあいだ、よくわたしはこんなことを考える。この先、死ぬまで毎日、どんなに気分の優れないときでも、どんなに疲れているときでも、どんなに頭が痛いときでも、わたしは何を食べようか考え、自分で用意しなければならないのだろう。四十度近い高熱にうなされていても、きっとわたしは生きるためにベッドから起きあがって、たいしておいしくもない食事を用意しなければならないのだろう。

スワプナには、わたしがいつもこういうことを考えているなどと口が裂けても言うつもりはない。なぜなら、(一) 彼女はわたしの上司だから。(二) この思いをきちんと言葉にして伝えられないから。(三) たとえ言葉に変換できたとしても、わたしは自分のことを、無能で、途方に暮れていて、世間からとかく批判されがちなミレニアル世代の典型である燃え尽き症候群になってしまったなんて認めるのは悔しいから。

「たしかに言われてみると、ここのところ少し落ちこみ気味かもしれませんね」わたしはスワプナにそう返した。「すみません。このちょっとした気分の波が仕事に支障をきたしているとは気づきませんでした。これからはしっかりやります」

スワプナが急に立ち止まる。そしてルブタンのハイヒールを履いているせいでやたら背が高くなった彼女が、わたしを見おろして顔をしかめた。「ポピー、仕事だけの話ではないの。わたしはずっと個人的にあなたに目をかけてきたのよ」

「わかっています。あなたはすばらしい上司で、わたしはすごく恵まれていると思います」

「そういうことではないの」スワプナの顔にかすかにいらだたしげな表情がよぎる。「わたしが言いたいのは――もちろん、あなたは何から何まですべてわたしに話す義務はないわよ――でも、誰かに話したほうが、あなたの気持ちは楽になると思うの。目標に向かって仕事をするのは孤独な作業だわ。それに、燃え尽き症候群から立ち直るのはそう簡単ではないのよ。ポピー、これだけはわかってちょうだい。わたしはいつだってあなたの味方よ」

わたしはそわそわと片足から片足へと体重を移し替えた。スワプナはこれまでずっとわたしのよき指導者だったが、それでも個人的な会話をしたことはない。彼女にどこまで話していいのか判断がつかなかった。

「自分でも何が起きているのかわからないんです」わたしは口を開いた。

アレックスのいない人生を考えただけで、胸が苦しくなるのはわかっている。

彼に会いたくてたまらないのも、彼以上に愛せる人にはもう出会えないのもわかっている。

リンフィールドで暮らすことを想像しただけで、背筋に悪寒が走るのもわかっている。

この女性を――自立していて、旅慣れていて、社会的に成功しているスワプナを目標にして懸命に働いてきたこともわかっている。もしわたしからこの仕事を取ったら、いったい何が残るだろう。

何も残らない。それもわかっている。だけど、最近ではこの旅行ライターの仕事に幸せを感じられない。これまでの四年半はとても楽しかったのに、今はすっかり疲れ果てている。

つまるところ、わたしはこれからどこへ向かっていけばいいのか、さっぱりわからなくなってしまったのだ。そういうわけで、アレックスにもまだ電話をかけられずにいる。そしてついには、この問題からしばらく離れることにした。

「燃え尽き症候群ですが」思わずわたしは口走った。「これは乗り越えられるものですか?」

スワプナが笑みを浮かべる。「わたしはその症状に陥るたびに、いつも乗り越えてきたわ」彼女はトレンチコートのポケットに手を入れ、白い名刺を取りだした。「でも、さっきも言ったように、誰かに話すと楽になるわよ」わたしはその名刺を受け取った。スワプナがコーヒーショップを顎で指す。「少し休憩したら？　ときに目に映る景色を変えることで、見えてくるものがあるわ」

〝目に映る景色を変える〟わたしはオフィスに戻っていくスワプナの後ろ姿を見送った。たしかに以前は効果があった。

名刺に目をやり、わたしは思わず声をあげて笑った。

〈心理学者、ドクター・サンドラ・クローン〉

わたしは携帯電話を取りだし、レイチェルにメールを送った。〈ドクター・ママは新規の患者を受け入れてくれる？〉

〈ローマ教皇が何かとんでもない不祥事でも起こしたの？〉レイチェルからすぐに返信が来た。

レイチェルの母親は、ブルックリンにあるレンガ造りの自宅にオフィスを構えている。娘のレイチェルは明るく広々とした空間を好むが、ダークウッドの家具とステンドグラスを取り入れた母親のホームオフィスは、あたたかみのある落ち着いた雰囲気を醸しだしている。わたしは室内を見まわした。観葉植物が天井からいくつも吊るされ、いたるところに本が高く積みあげてある。そして、ほぼすべての窓辺でウインドチャイムが太陽の光を受けてきらきら輝いている。

なぜか実家を思いだした。もっとも、たとえ物が多くても優美で洗練されているドクター・クローンのオフィスは、両親が集めた子どもたちの大切な思い出の品々であふれた博物館みたいなあの家とは大違いだが。

初回のセッションで、わたしは自分の将来が見えないと打ち明けた。けれどドクター・クローンに、まずは過去から始めたほうがいいと言われた。

「話すことはあまりないです」そう言いつつも、わたしは五十六分間話し続けた。両親のことや学校のこと、ギレルモを連れて実家に帰ったときのことを。

アレックスをのぞいて、自分の過去を話すのはドクター・クローンが初めてだった。彼女に打ち明けるのにそれほど抵抗はなかったものの、果たしてカウンセリングはパンク寸前の人生の危機を乗り越えるのに本当に役に立つのかわからなかった。レイチェルからは、少なくとも数カ月は続けるべきだと言われたけれど。「現実から逃げちゃだめ。それがあなたのためよ」

レイチェルの言うとおりなのはわかっている。最後までやり抜かなければならない。逃げるのではなく。現状から本気で抜けだしたいのなら、ドクター・クローンの力を借りるしかない。たとえ居心地の悪さを感じながら椅子に座っていても。

その点では、週一回のカウンセリングでも、『R＋R』のオフィスでも、ほとんど空っぽの自分のアパートメントでも同じだ。

ブログはずっと更新していない。だけど日記をつけ始めた。取材旅行は地方限定で、週末にだけ出かける。そしてぽっかり空いた時間には、インターネットで自己啓発本を調べたり、それに関する記事を読んだり、二万一千ドルの熊の彫刻みたいな、そのときに心に訴えかけてくるものを探したりしている。

ときどき、ニューヨークの求人情報も見る。リンフィールド近郊の仕事を探しているときもある。

わたしは観葉植物と、観葉植物図鑑と、ミニ手織り機を買った。さっそくユーチューブの手織り動画を見ながら、自分でも実際に織ってみたけれど、ちっともうまくできないことも相まって、三時間も経たないうちに飽きてしまった。

それでも手織り機がのったテーブルの前に毎日座り、少しずつ作業を続けた。そして、今では半分ほど織りあがった。何日もかけてこつこつ織っていると、ここで生きている証のように感じられるようになった。ここで生活していると、ここが自分の居場所だと実感できた。

今日は九月最後の日だ。わたしはレイチェルに会うために、混みあった地下鉄に揺られて、ふたりの行きつけのワインバーへ向かっていた。

目的の駅に着き、乗客をかき分けて電車からおりた直後にドアが閉まり、バッグがはさまれてしまった。「もう！　やだ！　なんなのよ！」わたしは声を荒らげた。車内にいる数名がドアをこじ開けようとしている。そして、青いスーツ姿の頭の禿げた若い男性がなんとかドアを開けてくれた。お礼を言おうとして顔をあげた瞬間、わたしは見覚えのある青い目と目が合い、体が固まった。

「ポピー？」彼がさらに大きくドアをこじ開けた。「ポピー・ライトか？」

わたしは気が動転して声が出なかった。ここが目的の駅ではないはずなのに、彼は電車からおりてきた。わたしはさっとあとずさりして距離を取った。ちょうどそのとき、地下鉄のドアがふたたび閉まった。

わたしたちはプラットホームで向かいあって立った。わざわざおりてきてくれたのだから、何か言わなきゃいけない。そうよ、何か言わないと――なんとか口にできたのは「あら、ジェイソン」だけだった。

ジェイソンがにやりとしてうなずく。彼は糊の利いた白いシャツを着て、淡いピンク色のネクタイをつけている。「ああ。イースト・リンフィールド高校出身のジェイソン・スタンリーだ」

わたしはこの状況に頭がまだ追いついていなかった。わたしの街で、過去をすっぱり切り捨て、新しい人生を築いたこの街で、まさかよりによって彼に会うとは思いもしなかった。わたしはうろたえながら口を開いた。「やっぱり」ジェイソンの頭髪はほとんどなくなっていた。おなかまわりにも脂肪がついていたけれど、わたしが熱をあげた、そしてその後、わたしの人生をめちゃくちゃにした、あのハンサムな少年の面影は今も残っている。

ジェイソンが声をあげて笑い、わたしを肘でつついた。「おれの初めてのガールフレンドじゃないか」

「ええ」ジェイソンのその言葉はどうもしっくりこなかった。わたしにとって、ジェイソン・スタンリーは初めてのボーイフレンドではない。初めて恋をした男の子は、実はとんでもない悪ガキだった。この表現がたぶん当たっている。

「今、時間あるか?」ジェイソンがちらりと腕時計に目をやる。「おれは少しなら話せる」

わたしは話したくない。

「わたしはこれからセラピーを受けに行くところなの」まったく情けない。どういうわけか、これが最初に頭に浮かんだ言い訳だった。できれば、〝わたしはこれから金属探知機を使って二十五セント硬貨を探しにビーチへ行くところなの〟とジョークのひとつも言いたかった。わたしがすたすたと階段に向かって歩きだすと、なぜかジェイソンもついてきた。

「セラピーだって？」ジェイソンはにやついている。「まさか、おれがまだガキだったころにやらかしたことを、いまだに引きずってるわけじゃないよな」彼がウインクする。「つまり、きみはおれに当てつけるために、そんなことを言ってるんじゃないんだろう？」

「あなたがなんの話をしているのかさっぱりわからないわ」わたしは嘘をついて、階段を駆けのぼった。

「そうなのか？　そいつはよかった。ほっとしたよ。実は、ずっと考えていたんだ。フェイスブックできみを探してみたりもした。ひと言、謝りたくてね。きみはフェイスブックをやっていないんだな？」

「まあね」

本当はフェイスブックをやっている。ただ、名字のほうを変えているだけだ。なぜなら、ジェイソンみたいな人に見つけられたくないから。さらに言うなら、リンフィールド出身の人全員に。わたしはあのころの自分を消し去り、新しい街で生まれ変わりたかった。そして、今のわたしがここにいる。

わたしたちは地上に出てきた。空気がひんやりする。ついに夏の名残も消え、季節は秋へと移り変わった。わたしはジェイソンを無視して並木道を進んだ。

「まあ、それはともかく」ジェイソンが突然の再会から初めて気まずそうな表情を見せた。「おれはそろそろ行くよ。こんなところできみに会えるとは思わなかった。きみを見たとき、思わず声をかけたくなったんだ。たぶん、謝りたかったんだろうな」

わたしは立ち止まった。この一カ月、自分の問題から逃げていると言われ続けてきた。おそらく、リンフィールドから離れたにもかかわらず、目の前にジェイソンがいる。それはおそらく、地元を捨てるだけではだめだったということなのだろう。何か大きな力が、否応なくわたしを正しい方向へ向かわせようとしている気がした。

深呼吸をし、くるりとジェイソンに向き直って腕組みをした。「ジェイソン、いったい何を謝りたいの？」

彼はわたしが嘘をついていたことに気づいたのだろう。今やひどくばつの悪そうな顔をしている。

ジェイソンは体をこわばらせて息を吐き、茶色のビジネスシューズを見おろした。「高校時代にひどい目にあったことを覚えているんだな？」ジェイソンが先を続ける。「ある日、学校でなんとなく仲間はずれにされているのを感じる。何か気にさわることでもしたのかと思っているうちに、どんどんほかのやつらからも無視され始める。おまけに今まで一緒に遊んでいた仲間にも、変なあだ名を突然つけられたり、誕生日パーティーに呼ばれなくなったりする。こういうのは誰にでも起こりうることだ。だが、仲間はずれのターゲットになりたいやつなんていない。だから、今度は自分の番だとわかると、とたんにろくでなしの卑怯者になる。みんなの目を自分以外のやつに向けさせるんだ。それで一件落着。自分はターゲットにならずにすむというわけだ。おれはまさに、そのろくでなしの卑怯者だった――あのころのきみを苦しめた、ろくでなしの卑怯者だったんだ」

ふいに目の前の歩道が揺れだし、体がふらついた。わたしが何を期待していたにせよ、こういうことではなかったのはたしかだ。

「正直言って、こんな話をしている自分が信じられないよ」ジェイソンが言う。「地下鉄できみを見かけたとき、何か言わなければと思ったんだ」

ジェイソンが大きく息を吸いこむ。顔をしかめているせいで、口元と目元にしわが寄っている。

わたしたちはふたりとも年を取った、と心のなかで思った。いつの間に、こんなに年を取ったのだろう。

ある日突然、わたしたちはもう子どもではなくなった。まるで一夜にして子どもから大人に変わるみたいに。自分でも気づかないうちに大人になっているから、それまでの人生で大切だったものをすべて手放したことさえ気づかない。かつて負った耐えがたいほどの激痛をもたらした深い傷は、目立たない小さな白い傷となり、年齢を重ねるとともに増えるストレッチマークや、そばかすや、肌のくぼみと見分けがつかなくなっていることにも気づかずにいる。

わたしは果てしない時間をかけて、あの孤独な少女と距離を取ってきた。だけど、本当にそれでよかったのだろうか？　ここにわたしの過去の破片がある。リンフィールドから何百キロも離れた、わたしの目の前に。結局、いくらあがいたところで、自分自身から逃げきることはできないのだ。自分の過去からも、自分の抱える不安や悩みからも、自分の犯した過ちからも。

ふたたびジェイソンが足元に視線を落とした。「同窓会に行ったとき」彼が口を開く。「誰かがきみはすっかり大物になったと言ってたんだ。『R＋R』で働いていると。頑張ったんだな。おれもきみの書いた記事を読んだ。世界中を飛びまわって仕事をしているきみはすごいし、最高にイカしてるよ」

わたしはなんとか声を出した。「そうね……たしかに刺激的な仕事だわ」

ジェイソンの顔に笑みが広がる。「それで、きみはここに住んでいるのか？」

「ええ」わたしは咳払いをして、喉をすっきりさせた。「あなたも？」

「いいや、出張だよ。営業をやっているんだ。おれは今もリンフィールドに住んでいるよ」

これを長年待っていた。ついにわたしが勝った瞬間だった。わたしは地元から脱出して、ニューヨークで成功した。居場所を見つけ、ちっぽけなつまらないリンフィールドでもがいているこの人でなしに、わたしは欠陥人間なんかじゃないことを証明してみせた。

ところが、少しもそんなふうには感じられなかった。ジェイソンはもがいているようには見えないし、人でなしでもない。この街で再会した、しゃれた白いシャツを着た彼はいかにも優しそうだ。

目の奥がつんと痛くなり、喉に熱いものがこみあげてきた。

「リンフィールドに帰ってくることがあったら」ジェイソンがためらいがちに言う。

「そのときはゆっくり話そう……」

〝そうね〟のひと言が出ない。どうやら、わたしの頭のなかのコントロールパネルの前に座っている小人が気を失ってしまったらしい。

「じゃあ、また」ジェイソンが先を続ける。「本当にあのときはすまなかった。すべておれが悪かったんだ。きみではなく」

またしても、歩道が柱時計の振り子みたいに揺れだす。あまりに激しい揺れに、自分がいつも見ていた世界が音をたてて崩れていくような気がした。

人間は成長するのよ。心の声が聞こえた。あの人たちはあれから何も変わっていないと思っていたの？　彼らはずっとリンフィールドに住んでいるから、あのころと何ひとつ変わっていないと思っていたの？

ジェイソンはあんなふうに言ったけれど、彼らばかり責めていても始まらない。わたしにも悪いところはあった。

今になれば、そう思える。

黙っていないで何か言いなさい。いつまで経ってもあのどこにも居場所がなかった孤独な少女のままでいたくなければ、ひと言でいいから何か言ったほうがいい。

「だから、今度リンフィールドに来るときは……」ジェイソンがまた繰り返す。

「今度はわたしに言い寄ったりしないわよね？」

「おい！　何言うんだ！」ジェイソンは左手をあげて、薬指にはめた太い黒の指輪を見せた。「結婚してるんだぞ。おれは幸せだし、一夫一婦主義だ」

「あら、すてき」英語で知っている言葉はこれしか思いつかなかった。だけど、ほかの言語はひとつも話せないから、この言葉には今のわたしの精いっぱいの気持ちがこめられている。

「ああ、そのとおりだ！」ジェイソンが返す。「じゃあ……元気でな」

そして、ジェイソンは現れたときと同様に突然いなくなった。

ワインバーに着くころには、わたしはぼろぼろ泣いていた（別に珍しいことじゃないわよね？）。いつものテーブルについていたレイチェルが、ぎょっとした表情で椅子から飛びあがった。「どうしたの?」

「わたし、仕事を辞めるわ」しゃくりあげながら言った。

「そう……」

「といっても――」盛大にはなをすすりあげ、手の甲で目をぬぐった。「急に思い立ったわけじゃないのよ。映画みたいに、いきなりスワプナのオフィスへ乗りこんで〝辞めます!〟と高らかに宣言するとか、赤いタイトドレスを着て、髪を背中に垂らしたわたしが颯爽とスワプナのオフィスから出ていくとか、そういうことじゃないの」

「それはよかったわ。あなたはオレンジ色のほうが似合うもの」

「いずれにしても、辞める前に次の仕事を見つけなくちゃ。でも、どうしてずっと不幸のどん底に沈んでいたのか、その原因がわかった気がするわ」

35

今年の夏

「わたしについてきてほしい？」レイチェルが言う。「もしそうなら、つきあうわ。本当よ。空港に行く途中でチケットを買って、あなたと一緒に行く」

レイチェルは一応口ではそう言いながらも、まるでわたしが彼女に向かって、口の端から血をしたたらせながら人間をくわえているキングコブラを突きだしているみたいな顔をしている。

「ありがとう」わたしはレイチェルの手をぎゅっと握りしめた。「でも、わたしひとりで大丈夫よ。あなたも一緒に来たら、誰がわたしたちにニューヨークの最新情報を教えてくれるの？」

「ああ、よかった」レイチェルはいかにもほっとした声を出した。「一瞬、あなたに一緒に来てって泣きつかれるかと思ったわ」

彼女はわたしを抱きしめて両頰にキスをすると、タクシーに押しこんだ。

シンシナティ空港に到着すると、両親が迎えに来てくれていた。ふたりはお揃いの

〝アイ・ラブ・ニューヨーク〟のTシャツを着ていた。

「あなたが家に帰ってきた気分になると思ったのよ！」母は自分のジョークに涙を流してげらげら笑っている。両親ともに、ニューヨークがわたしの家だと認めたのは初めてかもしれない。それはうれしくもあり、寂しくもあった。

「もうすでに家に帰ってきた気分よ」わたしの言葉に、母はTシャツの赤いハートがプリントされた部分を握りしめ、きゃっと声をあげた。

「そうだわ」急ぎ足で駐車場のなかを歩きながら、母が口を開く。「バッカイクッキー（オハイオ州の州木にちなんだクッキー）を作ったのよ」

「じゃあ、夕食はそれでいいけど、朝食はどうするの？」

母がくすくす笑う。世界中の誰ひとりとして、わたしのほうが母よりユーモアがあるとは思わないだろう。わたしの母はおもしろい話をすぐに思いつく。あるいは、なんでも笑いに変えられると言ってもいいかもしれない。

「ところで、ポピー」家族三人が車に乗りこんだところで父が言った。「いったいどういう風の吹きまわしだ？　今日は銀行の休業日じゃないぞ！」

「パパとママに会いたかったのよ。それに、アレックスにも」

「おいおい、まいったな」父がウインカーを点滅させる。「今度はおれまで泣かせる気か」

家に到着するなり、わたしは服を着替えて、自分に活を入れ、高校の下校時間である午後二時半になるのを待った。

それまで、わたしたち三人は母お手製のレモネードを片手にポーチでのんびり過ごした。両親が代わる代わる話をする。ふたりの話題は来年の庭作りについてだ。何を引き抜くか。新たにどんな花や木を植えるか。そして、家の断捨離についても話した。母は、片づけコンサルタントの近藤麻理恵の断捨離術を参考にして家のなかを片づけているが、今のところ処分できたのは靴箱三つ分のこまごましたものだけらしい。

「まあ、進歩には変わりないさ」父は腕を伸ばして、母の肩を愛おしげに撫でた。

「そうだ、ポピー、おまえにこの話はしたかな？　あそこにフェンスをつけるんだよ。新しく引っ越してきたお隣さんが噂好きでね。それで、隣との境界に目隠しフェンスを設置することにしたんだ」

「このあいだも、彼ったらわざわざわたしに話しかけてきたのよ。それはもうこの界隈の住民たちのことをよく知っているんだから。しかも、口から出てくるのは悪口ばかり！」母が語気を強める。「きっと彼は同じようにほかのお宅にも行って、わたしたちの悪口を言っているわね」

「それはどうかしら」わたしは言った。「だって、お母さんの作り話は最高におもしろいもの」

母の顔がぱっと明るくなる。どうやら、また何かおもしろい話を思いついたらしい。

「フェンスの取りつけ工事が終わったら」父の声が割りこんでくる。「あの男はここでおれたちは覚醒剤を製造していると近所じゅうに言ってまわるんだろうな」

「やだ、やめてよ」母が父の腕をぴしゃりと叩き、ふたりで同時に笑いだす。ひとしきり声をたてて笑ったあと、母は口を開いた。「ああ、そうだったわ。あとであの子たちとビデオ通話をするのよ。パーカーが今取り組んでいる新作の脚本を披露したいんですって」

わたしは噴きだしそうになるのをこらえた。

兄のパーカーが前作を書いているときは、グループメールであれこれみんなでアイデアを出しあった。それは暗黒の世界に住む不屈の妖精の誕生秘話を描いた作品で、セックスシーンが少なくとも一回はあった。兄はいつの日か映画の脚本家になりたいと思っている。だけど今は勉強の真っ最中で、映像化されることのない脚本を書き続けているが、それでも創作に没頭することで不安を忘れられるみたいだ。それに、家族を変なキャラクターに仕立てあげ、作品に登場させて楽しんでもいる。

二時十五分になり、わたしは両親のミニバンを借りて母校の高校へ向かった。その途中で給油ランプが点灯していることに気づき、急遽ガソリンスタンドに寄り道する羽目になり、高校の駐車場に到着したときには二時五十分になっていた。心のなかでは、ふたつの別々の不安が渦巻いている。ひとつはアレックスに対する不安。この期に及んでも、彼に会って自分の気持ちを話している場面を想像するだけで怖くなって逃げたくなる。そしてもうひとつは、この場所に対する不安。できれば一秒たりともここにはいたくない。二度と来ないと固く誓ったにもかかわらず、そんな場所にまた戻ってくることになった。

わたしはコンクリートの階段をのぼり、ガラス張りの正面玄関の前で立ち止まった。いったん深呼吸をして、取っ手に手を伸ばす——。

動かない。鍵がかかっている。

ああ、そうだった。

今はもう、大人が自由に学校に出入りできなくなったことを忘れていた。もちろんそれはいい変化だが、今回ばかりは都合が悪い。わたしはドアをノックした。白髪頭でわし鼻の学校駐在警察官がこちらに近づいてくる。彼がドアを数センチ開けた。

「何か用かね？」

「ええ。あの、会いたい人がいるんです。教員の——アレックス・ニルセンなんですが」

「名前は？」警察官が言う。

「アレックス・ニルセン――」

「きみの名前だよ」彼はわたしの言葉をさえぎった。

「ああ、そうですよね。ポピー・ライトです」

警察官はドアを閉め、事務室に入っていった。まもなく、彼は戻ってきた。「申し訳ないが、きみを校内に入れるわけにはいかない。今度、学校へ来るときは事前に申請してくれ」

「それなら、アレックス・ニルセン先生をここに呼んでいただけませんか？」わたしは食い下がった。

「いや、それも無理――」

「ポピー？」警察官の背後からわたしの名前を呼ぶ声が聞こえた。

〝やった！〟この言葉が最初に頭に浮かんだ。〝わたしを知ってる人がいるわ！なんてついてるの！〟

ダークブラウンの髪のすらりとしたきれいな女性が姿を見せた。その瞬間、わたしの胃は足元までいっきに沈んだ。

「まあ、サラ。久しぶりね」ここに来ればサラ・トーヴァルにも会う可能性があることをすっかり失念していた。

サラがちらりと警察官に目をやる。「マーク、あとはわたしが引き受けるわ」そう彼に声をかけ、サラは玄関の外まで出てきて腕組みをした。すてきな紫色のワンピースの上に濃紺のデニムジャケットをはおっていた。耳には大ぶりな揺れるタイプのシルバーのイヤリング。そして、鼻のまわりにはそばかすが散っている。

相変わらずかわいらしくて、いかにも幼稚園の先生のイメージにぴったりだ（もっとも、サラが担当しているのは高校生だけれど）。

「ここで何をしているの？」サラが口を開いた。別につっけんどんな口調ではないかといって、優しい口調でもない。

「ええと……両親に会いに来たの」

サラは眉を吊りあげ、背後の赤レンガの建物に視線を投げかけた。「高校に？」

「そうじゃないわ」わたしは目にかかった髪を払った。「それはわたしがリンフィールドに来ている理由よ。高校に来たのは……できれば、そのう……アレックスと会って話がしたかったからかしら？」

サラがぐるりと目をまわす。ほんのかすかな仕草だったが、胸にぐさりときた。

わたしは喉につかえているりんご並みの大きさのかたまりをのみこんだ。「当然よね。自業自得だわ」ぽつりとつぶやき、深呼吸をする。気が重いけれど、これを避けて通るわけにはいかない。「サラ、わたしは本当に無神経だったわ。あなたとアレックスはつきあっていたのに、彼と友だちづきあいを続けていたし、彼を頼ったりもしていた。そんなわたしのふるまいは、あなたからしたらおもしろくなかったはずよね」

「そうね」サラが返す。「たしかにあなたは無神経だったわ」

ふっと沈黙が落ちた。

しばらくして、サラがため息をついた。「わたしたちはみんな判断を誤ったのよ。わたしはよくこんなふうに思っていたわ。あなたさえいなくなれば、わたしの問題はすべて解決すると」サラはずっと組んでいた腕をいったんほどき、そしてまた腕を組み直した。「そのとおりになったわ——トスカーナ旅行のあと、あなたはいなくなった。でも、なぜかアレックスとわたしの関係はさらに悪化したの」

わたしは一方の足からもう一方の足へ体重を移動させた。「ごめんなさい。今さらだけど、もっと早く自分の気持ちに気づくべきだったわ。そうしたら、誰も傷つかずにすんだのに」

サラはうなずき、明るいブラウンのレザーサンダルからのぞく、きれいにペディキュアが塗られた爪先を見おろした。「わたしもそう思うわ。彼も気づくべきだったし、わたしも気づくべきだった。あなたたちふたりがお互いをどう思っているのか、わたしたちのなかの誰かひとりでもわかっていたら、わたしはこんなに多くの時間を無駄にすることはなかったし、こんなに苦しむこともなかったでしょうね」

「ええ、そうね。あなたとアレックスは今はもう……」

サラはすぐに答えない。わざとこちらをじらしているのだろう。やがて、ピンク色の唇にいたずらっぽい笑みが浮かんだ。「わたしたちはつきあっていないわ」彼女の声が和らぐ。「つまり障害になるものは何もないというわけね。だけど、彼ならここにいないわよ。もう帰ったわ。この週末は出かける予定だと言っていた気がするけれど」

「そう」心が沈む。わたしは振り返り、半分ほど空いた駐車場に停まっているミニバンに目を向けた。「まあ、仕方ないわね。でも教えてくれてありがとう」

サラがうなずく。わたしはゆっくりとコンクリートの階段をおり始めた。「ポピー?」

背後から名前を呼ばれ、わたしは振り向いた。そして、目の上に手を当ててまぶしい太陽の光をさえぎりながら、サラを見あげた。光に包まれた彼女が慈悲深い聖女に見える。わたしに優しくする理由など何もないのに。〝ありがとう。あなたの厚意を受け取らせてもらうわ〟わたしは胸のうちでそう思った。

「金曜日はたいてい」サラが静かに口を開く。「仕事を終えた教師たちは〈バーディーズ〉に行くの。それが長年の伝統なのよ」彼女が日陰へ移動する。わたしは手をおろして、彼女と視線を合わせた。「ひょっとしたら、アレックスもそこにいるかもしれないわ」

「どうもありがとう、サラ」

「アレックス・ニルセンに会えたら、彼の話をちゃんと聞いてあげてね」

その言葉に、わたしは笑みを浮かべたが、心のなかは不安で重苦しかった。「彼がそれを望んでいるかどうかわからないわ」

サラが肩をすくめる。「そうね。そうかもしれない。でも、わたしたちの世代は怖さが先に立って、ほしいものをほしいと言えない傾向があるんですって。こういうのを〝ミレニアル世代の憂鬱(ミレニアル・アンニュイ)〟だったかしら、そんなふうに呼ぶみたい。最近読んだエッセイの受け売りよ」

思わず思いだし笑いをしそうになり、わたしはあわてて咳払いをした。「それってなんだか流行りそうな言葉ね」

「そうでしょう?」サラが先を続ける。「それはともかく、アレックスに会えるといいわね。幸運を祈るわ」

〈バーディーズ〉は学校から通りをはさんだ向かいにある。ここまで来るのに四時間もかかった気がした。でも、実際は車でわずか二分の距離だ。計画を一から立て直さなければいけないというときに、これだけの時間ではとうてい足りない。

わたしはアレックスの教室でふたりきりでいる場面を想定して、彼に熱弁をふるう練習を重ねてきた。

それがまさか教師たちのたまり場となっているバーで、彼にわたしの熱い思いを打ち明けることになるとは思いもしなかった。もしかしたら、ここにはわたしが受けた（あるいは、サボった）授業を担当した先生もいるかもしれない。イースト・リンフィールド高校の蛍光灯に照らされた廊下より恐ろしい場所がひとつあるとすれば、それはたった今足を踏み入れた、壁にバドワイザーのネオンサインがかかる、一日の仕事を終えた教師であふれ返るこの薄暗いバーだ。

ドアを閉めるなり、たちまち明るい太陽の光が遮断された。それでも、ミラーボールのカラフルな水玉模様の光が飛び交う暗い店内にも、徐々に目が慣れてきた。ラジオからローリング・ストーンズの曲が流れている。それにしても、まだ昼の三時を過ぎたばかりなのに、バーはビジネスカジュアル姿の人や、カーキ色のズボンとボタンを一番上まできっちり留めたシャツ姿の人や、サラが着ていたのとよく似た単色カラーのワンピース姿の人で大にぎわいだ。ゴルフに関連したものが人工芝を張りつけた壁に飾られている――クラブや、ゴルファーやゴルフコースの写真の入った額などが。

イリノイ州にノーマルという小さな町がある。そこはゴルフ好きにはたまらない場所だが、それでも世界の片隅にあるこの田舎町にはかなわないだろう。さまざまな音が耳をつんざく。大音量で流れるテレビの音や、ラジオから流れてくる雑音まじりの音楽、そしてカウンター席や店の両側の壁に沿って並ぶ細長いテーブル席を囲むグループたちの笑い声や歓声が重なりあっている。

ふいに、わたしの目が彼の姿をとらえた。

店内の誰よりも背が高く、誰よりも物静かなアレックスを。彼はシャツの袖を肘までまくりあげ、椅子の金属製の横木に足をのせ、前かがみになって携帯電話の画面を親指でゆっくりとスクロールしている。

たちまち心臓が喉までせりあがり、激しく打ち始めた。わたしの一部は――いいえ、大部分は――飛行機に乗ってここまで来たにもかかわらず、まわれ右をして一目散に逃げだしたくなっている。ところが突然、入口のドアが開き、アレックスが顔をあげた。その瞬間、わたしたちの目が合った。

アレックスとわたしはただお互いを見つめた。彼はずっと目を見開いたままだ。おそらくわたしの顔にも同じ表情が浮かんでいるだろう。有力情報を手に入れてここへ来たわけではなく、まるでたまたま立ち寄ったバーで偶然彼に出くわしたみたいに。わたしは自分を奮い立たせて歩きだした。そして、アレックスのいるテーブルの手前で立ち止まる。そのテーブルについている彼の同僚たちが、ひとりまたひとりとわたしに気づき始め、それぞれの手のなかにあるビールやワインやウオッカトニックから顔をあげた。

「やあ」アレックスの声はささやきに近いほど小さい。

「こんにちは」わたしも挨拶を返した。

それっきり言葉は途切れ、わたしたちはふたりとも黙りこんだ。

「あなたのお友だち？」栗色のタートルネックセーターを着た年配の女性がアレックスに話しかけた。わたしはこの女性がまだ首にかけているIDカードを見る前から、彼女はイースト・リンフィールド高校に勤めるデラロという名前の教師だと気づいていた。

「彼女は……」アレックスが口ごもる。いきなり椅子から立ちあがると、改めて言った。「やあ」

彼と同じテーブルを囲んで座っていた教師たちが居心地悪そうに顔を見あわせている。彼らは気を遣い、わたしたちがふたりで話ができるように上体をひねって背を向けてくれた。ただひとりを除いて。デラロ先生だけはわたしたちのほうに片耳をしっかり向けて、会話を盗み聞きする気満々だ。

「学校に行ってきたの」わたしは口を開いた。

「ああ」アレックスが言う。「そうなんだ」

「あのね」わたしは汗ばんだ手のひらをポリエステルのオレンジ色のベルボトムパンツにこすりつけた。こんな三角コーンみたいな色のパンツを選んだのは失敗だったと、心のなかで思いながら。「なぜ学校へ行こうと思ったかというと、わたしがまたあそこへ行くことができるとするなら、その理由はたったひとつしかなくて、あなたがそこにいるからよ。それをあなたに知ってほしかったの」

アレックスはこちらに背を向けて座っている同僚たちにちらりと視線を走らせた。今のところ、わたしの熱弁はアレックスの心に響いていなさそうだ。彼はわたしに視線を戻したが、すぐに目を微妙にそむけてわたしの左側を見た。「ああ、きみが学校をひどく嫌っているのは知っているよ」アレックスがつぶやく。

「ええ、本当に大嫌いよ。嫌な思い出しかないもの。それでも、わたしがあそこへ行ったのは、それは……あなたに伝えたいことがあったからなの……アレックス、わたしはあなたのためならどこへだって行くわ」

「ポピー」アレックスはなかばため息をつくように、なかば懇願するように、わたしの名前を呼んだ。

「待って、まだ何も言わないで。うまく言葉にできるかどうか、その可能性は五分五分だとわかっているわ。それに、もうこれ以上話したくない自分がいるのもわかっている。でもアレックス、わたしは話さなければならないの。だからお願い。たとえわたしをがっかりさせる気でも、今は何も言わないでほしいの。緊張に耐えられなくなって逃げだしてしまう前に、どうか最後まで話をさせて」

アレックスの金色のまじった緑の目は冷たく、いらだたしげな光を放っている。それでも、彼は開きかけた口を閉じてうなずいた。

ああ、霧の下に何が潜んでいるのかわからない状態で、崖から飛びおりるような気持ちだ。わたしは覚悟を決めて先を続けた。

「わたしはブログを書くのが好きだったわ。すごく好きだった。それは旅が好きだからだと思っていたの――もちろん、旅行は大好きよ。でも、ここ二、三年ですべてが変わってしまったの。わたしは幸せを感じられなくなった。旅もこれまでとは違う感じがしたわ。たぶん、あなたの言ったとおりなんでしょうね。わたしにとって、あなたはいろんな傷を治してくれる絆創膏みたいな存在だったのかもしれない――別に絆創膏じゃなくてもいいけど――まあ、それはともかく、あなたはわたしに旅する楽しみを与えてくれたわ。訪れる先々で、わたしに別の視点から物事を見させてくれた」

アレックスが視線を落とす。彼はずっとわたしを見ようとしない。その態度は、今話をしているのは彼のほうで、わたしの反応が不安で生きた心地がしないという気持ちを味わっているかのようだ。

「わたし、セラピーに通い始めたの」とにかく話を先へ進めようと焦るあまり、思わず口走ってしまった。「それで、どうしてこんなに変わってしまったのか、その原因を突き止めようと思って、昔と今とではいったい何が違うのか、思いつく限りすべて書きだしてみたわ。そして、わかったの。あなたがいないからだと。一番大きな違いはあなたがいないことだった。いつも旅をするときはあなたと一緒だったでしょう。それが数年前から、あなたと旅に出かけなくなった。でも、変わったのはそれだけではなかったの。旅で出会う人たちも変わった。これまでの旅で一番の思い出は――いつもあなたと一緒だったことよ。そして、あともうひとつ。その土地土地での人との出会いだったの」

アレックスは顔をあげた。眉をひそめ、考えこんでいるような表情を浮かべている。

「旅先でいろいろな人と出会うのが楽しくて仕方なかったわ」わたしは言葉を継いだ。

「とてもうれしかった……その人とつながっている気がして。これは新鮮な感覚だった。ここに住んでいたときのわたしはたまらなく孤独で、いつも自分はどこかおかしいのかもしれないと感じていたの。わたしはずっと思っていたわ。ここを離れたら違うかもしれないって。違う場所へ行ったら、そこにはわたしみたいな人がいるかもしれないって」

「そのことなら知っている」アレックスが口を開いた。「ポピー、きみがここを嫌っているのは知っているよ」

「ええ、嫌いだったわ。だから逃げだしたの。だけど、シカゴもあまりしっくりこなかった。それでシカゴからも離れたわ。それから旅行をするようになって、ようやくこれだと思ったの。旅先で出会う人とは――うまく言えないけど、過去を引きずったり、何が起きるのか不安になったりすることなく、気軽に話せたのよ。その場限りではなく、仲よくなった人もいるわ。こんなことを言うと哀れに思われるかもしれない。でも、なんのめぐりあわせか、このちょっとした人との出会いで、わたしはあまり孤独を感じなくなったの――彼らのおかげで、わたしを好きになってくれる人もいるんだと感じられるようになった。そして、『R+R』で働き始めて、旅の仕方が変わったわ。出会う人たちも変わった。わたしはシェフや、ホテルの支配人や、雑誌に取りあげてもらいたがっている人たちとしか会わなくなったの。たしかに贅沢な旅ができるようになったけど、家へ帰るたびに虚しさに襲われたわ。なぜそんな気持ちになるのか、自分でもわからなかった。だけど、ようやく気づいたの。それは誰ともつながっていなかったからだった」

「きみが虚しさの原因を突き止めることができて、ぼくもうれしいよ」アレックスは言った。「きみには幸せになってもらいたいんだ」

「でもね、それで一件落着とはいかないのよ。たとえ『R+R』を辞めてブログを再開したり、世界中のバックやリタやマチルダとまた会うようになったりしても、わたしは幸せではないの。

もちろん、彼らに会えてよかったと思っているわ。だって孤独だったもの。わたしはこの土地から遠く離れて、自分の居場所を見つけなければならないと思っていた。これまでずっと、家族は別として、わたしは誰と仲よくなりすぎているかとか、誰と会いすぎているかとか、誰に嫌われているかとか、そんなことばかり考えて生きてきた。だから一番無難なのは、偶然出会った見知らぬ人と、ほんのひとときでも一緒に楽しく過ごすことだった。わたしはそんなふうにしか人とはつきあえないんだと思っていたわ。でも、あなたがいた」

声が心もとなく震える。わたしは気持ちを引き締め、背筋を伸ばした。「あなたをとても愛しているわ。それでも、この十二年間、できる限りあなたとのあいだに距離を置いてきた。そのあいだに、わたしは引っ越しもしたし、旅もしたし、ほかの人ともつきあったわ。サラの話もした。あなたが彼女に夢中だと知っていたから、そうしたほうがいいような気がして。なぜなら、あなたにだけは拒絶されたくなかったの。

今ならわかる。この鬱々とした気分の解消法は旅に出ることではないと。新しい仕事を始めることでもない。言うまでもなく、水上タクシーの運転手といちゃつくことでもないわ。わたしは十二年間あなたから逃げ続けてきた。もうそれを終わりにしたいの。

アレックス・ニルセン、わたしはあなたを愛している。あなたに見放されたとしても、この気持ちはこれからもずっと変わらない。正直言って、リンフィールドに戻ってくるのは怖いわ。やっぱり好きになれないかもしれないし、退屈だと感じてしまうかもしれないし、友だちがひとりもできないかもしれない。それに、わたしをくだらない人間だと思っていた人たちとばったり会うのは〝恐怖〟でしかないわ。今も昔とまったく変わっていないとばかにされるかもしれないでしょう。

わたしはニューヨークで暮らしたい。あの街が好きなの。あなたもきっと気に入ると思うわ。でも、あなたのために何をあきらめられるか、今あなたにそうきかれたら、確信を持ってこう答える、〝すべて〟と。これからあなたと一緒に新しい世界を築いていこうというときに、これまでわたしが築いてきた世界に手放すのが惜しいものなどひとつもない。イースト・リンフィールド高校にも行くわ——今日のことじゃないわよ。もし、あなたがここで暮らしたいのなら、わたしは高校のバスケットボールの試合も見学に行く。選手たちの名前が入った手描きのTシャツだって着る——その子たちの名前も全員覚えるわ！　決してあだ名なんかで呼んだりしない！　あなたのお父さんの家にも行く。そこではダイエットソーダを飲むわ。それに、悪態をついたり、わたしたちのセックスライフをぺらぺらしゃべったりしないよう精いっぱい努力もする。ベティの家で、あなたの姪や甥の面倒も見るわ。あなたと一緒なら、子どもの相手もへっちゃらよ――あなたが壁紙をはがすのも手伝うわ！　本当は壁紙をはがす作業なんて大嫌いよ！　それでも、あなたのためなら、わたしはなんだってできる。あなたはわたしの人生の気晴らしなんかじゃない。わたしはあなたのせいでキャリアの危機に直面しているわけじゃないわ。だけどわたしが苦しいときや、つらいときや、悲しいときは、あなたにそばにいてほしい。そしてわたしが幸せなときは、あなたがそばにいるとわたしの幸せは何倍も大きくなる。今のわたしはまだ自分を知る途中の段階よ。それでも、これだけはわかる。あなたのいるところが、わたしの居場所だと。今まで誰に対してもこんなふうに思ったことはないわ。わたしがどんな気分のときでも、あなたにわたしの隣にいてほしい。アレックス、あなたはわたしの家なの。あなたにとっても、わたしはそうでありたいわ」

ここまでいっきに話し終えたときには、わたしは肩で息をしていた。アレックスの顔に心配そうな表情が浮かんでいるが、それ以外は何を考えているのか読めない。彼は無言のままだ。沈黙が続くなか、頭上にあるテレビでスポーツキャスターがしゃべっている。やがてピンク・フロイドの曲がスピーカーから流れ始めた。わたしたちのあいだに横たわる沈黙は、さらに深くなっていく。

「あともうひとつ」ついに耐えきれず、わたしは口を開いた。そしてバッグから携帯電話を取りだして保存してある写真を一枚選び、画面をアレックスに突きだした。彼は携帯電話を手に取ろうとはせず、ただ画面に映しだされた写真をじっと見ている。

「これはなんだい?」アレックスが小さな声で言う。

「これはパームスプリングスから戻ってきてから育ててる観葉植物よ。今もまだ元気に生きているわ」

アレックスの口から、ふっと笑いがもれる。

「サンセベリアという名前なの。どうもこの観葉植物の生命力は異様に強いみたい。ひょっとしたら、チェーンソーで切っても生き延びるかもしれないわね。だって、このわたしが育てていても死なないんだから。こんなに長く枯らさなかった植物は初めてよ。だから、あなたに見てほしかったの。あなたにわたしは真剣だということを知ってもらいたかったのよ」

アレックスは何も言わずにうなずいた。わたしは携帯電話をバッグに戻した。

「以上よ」わたしはぽつりとつぶやいた。「わたしの演説は終わったわ。今度はあなたが話す番よ」

アレックスの口の端にかすかに笑みが浮かび、すぐに消えた。

「ポピー」彼はわたしの名前を引き伸ばしてゆっくりと言った。そのせいか、なんとも哀れな名前に聞こえた。

「アレックス」わたしは言った。

アレックスは腰に両手を当て、ちらりと視線を横に向けた。けれど、そこにはたいして見るものはなく、てっぺんにポンポンのついたゴルフハットをかぶった男性の写真が、人工芝を張りつけた壁に飾られているだけだ。アレックスがわたしに視線を戻した。その目には涙が浮かんでいる。でも、自制心のかたまりのようなアレックス・ニルセンは意地でも涙を流さないだろう。

アレックスなら砂漠で遭難して喉の渇きで死にかけていたとしても、水の入ったグラスを差しだしてきた人がどこか胡散臭そうだと思ったら、首を横に振り、丁寧な口ぶりで〝いらない〟と言うに違いない。

わたしは喉のつかえをのみこんだ。「なんでも言って。言いたいことはなんでも言っていいわ」

アレックスは息を吐きだした。わたしと目を合わせたものの、すぐに視線を床に落とした。「ぼくがきみをどう思っているかはもう知っているだろう」秘密を打ち明けるみたいに、彼は小さな声で言った。

「ええ、知っているわ」にわかに鼓動が速まった。知っていると思う。少なくとも、以前の彼の気持ちは知っている。でも、ふたりの関係について、きちんと考えなかったせいで、アレックスを傷つけてしまった。どうして考えられなかったのだろう。今さら悔やんでも遅いけれど、たぶんそれは、あのころのわたしは自分のことさえまるでわかっていなかったからかもしれない。

今度はアレックスが唾をのみこむ。暗がりのなかで喉仏が動くのが見えた。「正直なところ、何を言ったらいいのかわからないんだ」彼が口を開く。「きみが怖いよ。なぜなら、きみにかかると、ぼくの思考は支離滅裂になるからね。きみとキスをしていた一秒後には、ぼくたちの孫はどんな名前かなとか、そんなことを考えているんだ。自分でも理解不能だよ。どう考えてもおかしいだろう？　ぼくたちを見てみろよ。まったく釣りあっていないじゃないか。ポピー、昔からそれはお互いに知っていたはずだ」

徐々に、わたしの全身の血が冷たくなっていく。

そして心臓が凍りつき、体も凍りついた。

わたしは懇願するように彼の名前を口にした。「アレックス」声がかすれる。「どうしてそんなふうに思うのかわからないわ」

アレックスはふたたびうつむき、唇を嚙んだ。「ぼくはきみに何ひとつあきらめてほしくない」彼はさらに続ける。「ポピー、現実を見よう。そうしたら、ぼくの言った意味がわかる。仮にぼくたちがつきあったとしても、うまくいかないよ。きっと別れることになって、ぼくはつらい思いをするだろう。もう二度とそんな気持ちは味わいたくないんだ」

アレックスが話をしているあいだずっと、わたしはうなずいていた。うなずくのをやめられなかった。なぜなら、わたしがアレックスを愛するように彼はわたしを愛してはくれないということを受け入れて、この先の人生を生きていかなければならない気がしたからだ。

「わかったわ」わたしの口から出たのはかすれたささやき声だった。

アレックスは何も言わない。

「わかった」もう一度繰り返すと、涙がこみあげてきそうになり、わたしはアレックスから視線を引きはがした。慰めなんかいらない。わたしは踵を返し、顎をあげ、背筋を伸ばして、ドアに向かって歩き始めた。

ドアの手前まで来たところで、わたしは振り返った。

アレックスは同じ場所に立ちすくんでいる。どんな苦しみが待ちかまえていようと、自分に正直になろう。彼から逃げたり隠れたりしないために、今ここで取り消すことのできない言葉を声に出して言おう。

「あなたに自分の気持ちを伝えたことを一ミリも後悔してないわ。あなたのためなら、すべてをあきらめられると言ったことも、不安にも立ち向かえると言ったことも、わたしの本心よ」あなたにならぶ心だって差しだせる。

「最後にこれだけは言わせて。そうしないと、きっと自分を一生許せない。アレックス、わたしはあなたを愛し続けるわ」

そして、ドアに向き直り、明るい日差しのなかへ出ていき、駐車場に向かった。

とたんに、我慢していた涙が堰(せき)を切ったように流れだした。

36

わたしは手のひらで口を覆い、肩を震わせてしゃくりあげながら、駐車場に停めてあるミニバンのほうへ歩いていった。一歩足を前に進めるたびに、胸にナイフを何本も突き刺されたような鋭い痛みが走る。かといって、足を止めたところでこの胸の痛みは和らがないだろう。わたしは早足で歩き続け、ようやくミニバンにたどり着いた。そして車体に寄りかかり、うつむいた。涙が流れ、嗚咽がもれ、鼻水が垂れる。まったく無様だ。わたしは顔をあげた。青い空には白い綿雲がふわふわ浮かび、駐車場の横に立ち並ぶ木々の葉は風に揺れ、その色は緑からすっかり赤や黄色に変わっている。

ふいに風に乗って、背後から声が聞こえてきた。アレックスの声だ。でも、振り向きたくない。

ここで振り向いたら、わたしは永遠に立ち直れないだろう。だけどアレックスはわたしの名前を呼び続けている。

「ポピー！」もう一度。そしてもう一度。「ポピー！　待ってくれ」

わたしはすべての感情を抑えこんだ。感情を無視するのではなく、否定するのでもなく、心の奥に完全に閉じこめた。なぜなら、そのほうが精神的に楽になれるから。これはつらい経験から学んだ処世術だ。だから、いくらアレックスでも、わたしの心をこじ開け、そこに隠した感情を取りだすことはできない。

アスファルトの地面を蹴って駆けてくるアレックスの足音が聞こえる。わたしは涙や鼻水でぐちゃぐちゃになった顔を両手でぬぐい、呼吸を整えると振り向いた。彼は速度をゆるめ、こちらへ歩いてくる。特に急いでいるようには見えないが、断固とした足取りだ。アレックスは立ち止まり、わたしは彼と車のあいだにはさまれた。

ひと呼吸分の沈黙。

そして、もうひと呼吸分の沈黙が流れたあと、アレックスは口を開いた。「ぼくも今、セラピーに通っているんだ」

彼はこれを言うためにわざわざ追いかけてきたのだろうか。ふとそんな考えが頭をよぎり、わたしは思わず笑ってしまった。「それはよかったわ」手のひらの付け根で目をぬぐった。

「ぼくがかかっているセラピストに……」アレックスが両手で髪をかきあげる。「彼女に言われたんだ。ぼくは幸せになるのを恐れていると」

〝なぜ彼はこんな話をするのだろう？〟わたしの頭のなかで声が聞こえた。

〝お願い、そこで話をやめないで〟別の声が言う。そうしたら、わたしたちは永遠に話していられるかもしれないでしょう。この会話を一生続けられるかもしれない。わたしたちが毎日メールや電話で話をしていたころのように。

わたしは咳払いをした。「あなたもそう思うの？」

アレックスはしばらく無言でわたしを見つめていたが、やがて小さく頭を振った。

「いいや」彼が口を開く。「きみがニューヨークへ戻る飛行機に一緒に乗れたら、ぼくは最高に幸せだ。きみに愛されていさえすれば、ぼくは幸せだ」

ふたたび、まわりの景色がぼやけだした。まるで色鮮やかな万華鏡をのぞいているみたいだ。わたしは目をしばたたき、こみあげる涙をこらえた。

「そういう幸せを、ぼくは味わってみたい。本当はきみに自分の気持ちを伝える機会はいくらでもあったんだ。でも、その機会をことごとく見送った。今はそうしたことをすごく後悔しているよ。いつも自分に言い聞かせていたんだ。気持ちを打ち明けてしまったら、きみを失うと。ほら、ぼくたちは違いすぎるだろう。別にぼくは幸せになるのが怖いんじゃない。きみと幸せになりたいよ。ただ、そのあとが怖いんだ」アレックスの声がかすれる。

「きみに飽きられるのが怖い。きみにほかに好きな男ができたり、ぼくといても不幸だと思われたりするのが怖いんだ。それに……」アレックスは一拍置いて、言葉を継いだ。「きみを愛しているのに、別れなければいけないときが来るのも怖い。きみが死ぬのが怖いよ。この世界は無意味な場所に成り果ててしまうに違いない。きみがいなくなったら、ぼくはベッドから出られなくなるだろう。もしぼくたちに子どもがいたら、その子たちにひどくかわいそうな思いをさせてしまう。きっとぼくは、すばらしいお母さんを亡くして悲しむ子どもたちをほったらかしにして面倒も見ないだめな父親になってしまう。そんなふうになるのが怖いんだ」

アレックスは手を目元へ持っていき、さっと涙をぬぐった。

「アレックス……」わたしは次の言葉を言いよどんだ。彼の気持ちをどうやったら少しでも楽にしてあげられるだろう。わたしには彼が過去に受けた苦しみを取り除いてあげることはできない。そんなことは二度と起こらないと約束もできない。わたしにできるのは、この目で見てきたものをそのまま伝えることだけだ。「あなたはそのつらい経験を乗り越えてきたじゃない。愛する人を亡くしたけれど、毎日あなたは大切な家族のためにベッドから出てきたでしょう。それは家族を愛しているからよ。彼らもあなたを愛している。今も変わらず愛しているわ。だって、あなたから離れていった人はひとりもいないもの。たしかにあなたは家族をひとり失ったわ。だけど、それであなたの人生は終わらなかった」

「まあね」アレックスがぽつりと言う。「でも……」こわばった声でつぶやき、広い肩をすくめた。「怖いんだ」

わたしは無意識のうちに手を伸ばし、アレックスの両手をつかんだ。彼はわたしの指と指をからませ、自分のほうへ引き寄せた。「じゃあ、船が女性名詞なのがどうしても納得できないこと以外に、わたしたちの意見が一致するものがもうひとつ見つかったわね」わたしはささやいた。「それは、お互いに愛しあうのが死ぬほど怖いことよ」

アレックスはふっと笑い、両手でわたしの頬を包み、ふたりの額を触れあわせた。彼がそっと目を閉じる。アレックスとわたしの呼吸と胸の動きが同じリズムを刻む。なんだかふたりで手をつないで大海を漂っているみたいだ。「いつまでもこうしていたい」アレックスがつぶやく。わたしは二度と離れないというように、彼のシャツをぎゅっとつかんだ。

アレックスは大きく息を吐きだし、口の端に笑みを浮かべた。「やっぱり〝小さな戦士〟だ」

彼がうっすらとまぶたを開ける。わたしの胸は痛いほどどきどきしだした。アレックスをすごく愛している。昨日よりも愛している。明日はもっと愛しているだろう。なぜなら、彼の新たな一面に気づき、そこをまた好きになるから。

アレックスは両手をわたしの背中にまわして強く抱きしめ、目を開けた。彼の涙に濡れた目はとても澄んだ色をしている。このなかに飛びこんでいきたい。ふと、そんなことを思った。そして、この地球上の誰よりも愛してやまない彼の心のなかを泳ぎ、頭のなかを漂ってみたい。

アレックスはわたしの髪に両手を差し入れ、首へと撫でおろした。彼は美しい光をたたえた穏やかな目で、じっとわたしを見おろしている。「きみは――」

「戦士？」わたしは言った。

「ぼくの家だ」アレックスはわたしにキスをした。

わたしたちは家を見つけた。お互いの居場所を見つけた。

エピローグ

　今日、わたしたちはお揃いの〝アイ・ラブ・ニューヨーク〟のスウェットシャツと〝ビッグ・アップル〟のスパンコールワッペンがついた帽子を身につけ、ニューヨーク観光バスツアーに参加している。わたしたちの楽しみのひとつは、有名人探しだ。本人でなくても似ている人を見かけたら、首にぶらさげた双眼鏡をのぞいて彼らの姿を追った。

　今のところ、デイムの称号を持つジュディ・デンチと、デンゼル・ワシントン、そして若かりしころのジェームズ・スチュアートにそっくりな人を見つけた。わたしたちはフェリーに乗り、自由の女神を見にやってきた。リバティ島に到着すると、さっそく太陽が目にまぶしく、強い風が頬に吹きつける、女神像の台座の前に立ち、中年の女性に頼んで記念写真を撮ってもらった。

「どこから来たの？」その女性がにこやかに尋ねた。

「ニューヨークです」アレックスがそう返すと同時に、わたしはこう返した。「オハイオです」

ツアーの途中でわたしたちはバスをおりて、映画『ユー・ガット・メール』の撮影で使われた〈カフェ・ラロ〉へ向かった。メグ・ライアンとトム・ハンクスが実際に座った席に座るのが目的だ。外はまだ肌寒いけれど、ふと今がこの街の最高の季節なのではないかと思った。わたしたちは窓から歩道に並ぶ木々に咲いている白とピンクの可憐な花を眺めながら、カプチーノを飲んだ。アレックスがニューヨークに来てから五カ月が経った。彼は秋学期が終了したあと、イースト・リンフィールド高校を退職し、春学期からはここで臨時教師として働いている。

わたしたちは一緒に暮らすようになったが、今もまだわたしはバケーション中みたいな不思議な気分だ。

もちろん、いつでもそんなふうに感じているわけではない。週末は、アレックスはひとりで過ごすことが多く、小説の執筆作業をしたり、テストの採点をしたり、授業の構成を考えたりしている。そして平日は、朝寝ぼけたままキスをするときくらいしか彼に会わないなんてこともしょっちゅうだ（そのあとすぐまたわたしは眠りに戻るので、キスをしたことさえ覚えていないときもある）。それに洗濯もするし、汚れた食器も洗う（アレックスが食後すぐに食器を洗うのが当たり前だと言って譲らない）し、確定申告書も作成するし、歯医者にも通うし、メトロカードも失くす。

それでも、わたしは愛する男性の今まで知らなかった一面を日々発見している。

たとえば、アレックスは抱きあったままでは寝られない。彼はきちんとベッドの彼側に、わたしはわたし側に離れて寝る。ところが夜中にあまりの暑さで目を覚ましたとき、アレックスがわたしの上にのしかかっていた。わたしは彼の体を押しのけ、ふたたび眠りについた。

まったく、いらいらするったらない。でもすぐに怒りはおさまり、毎晩、隣で世界一愛する人が寝ている幸せを感じながら、暗闇のなかでわたしはひとりでにやにやしている。

どんなに暑苦しくても、アレックスなら許せてしまう。

ときどき、わたしたちはふたりで（ほとんどアレックスが）料理をしているあいだ、キッチンで音楽に合わせて踊ったりもする。とはいえ、ロマンス映画みたいに、抱きあって静かに揺れている甘い雰囲気たっぷりのダンスではない。わたしたちの場合は、めちゃくちゃなダンスで、腰を大げさにくねらせたり、目がまわるまでくるくるまわり続けたりして、しまいにはふたりとも涙を流して笑った。そして、こんなばかげたダンスをしているわたしたちの姿をカメラで録画して、ちょくちょくデイヴィッドとタムやパーカーとプリンスにメールで送るのだ。

わたしの兄たちは、自分たちもキッチンで踊っている動画を送ってくる。

デイヴィッドからは〝狂ってるふたりが大好きだ〟とか、〝誰にでもソウルメイトはいる〟とか、ひと言書かれたメールが返ってくる。

わたしたちは幸せだ。たとえそうでないときでさえ、アレックスがいれば不幸だと感じる度合いはぐっと弱まる。

ニューヨーク観光の最後の目的地はタイムズスクエアだ。わたしたちは最悪の観光スポットを最後に取っておいた。でもここは観光客に人気の場所で、アレックスが絶対に行きたいと言い張った。

「タイムズスクエアでもまだぼくを愛せるなら、きみのぼくへの愛情は本物だということだよ」

「アレックス、もしタイムズスクエアであなたを愛せなくなったとしたら、古本屋めぐりの好きなあなたにわたしはふさわしくないということね」

アレックスがわたしの手に手を滑りこませてきた。わたしたちは手をつなぎ、地下鉄の駅から地上に出た。おそらく、彼がわたしと手をつないだのは愛情からというより（アレックスは今も人前で愛情を表現するのは苦手だ）、ものすごい人混みのなかでわたしとはぐれて迷子になりたくないからだろう。

タイムズスクエアはきらびやかなネオンサインと全身にシルバーのペンキを塗ったストリートパフォーマーたち、そして観光客で埋め尽くされている。ここでの滞在時間は三分で充分だ。それだけあれば、この光景にすっかり圧倒されたわたしたちのびっくりした顔の自撮り写真を撮ることができる。わたしたちはまわれ右をして、地下鉄の駅まで来た道を引き返した。

アパートメント――わたしたちのアパートメント――に戻ると、アレックスは靴を脱ぎ、それをきちんと揃えてマットの上に置いて、次にわたしの靴も隣にきちんと並べて置いた（わたしたちは大人なので、ちゃんとアパートメントの玄関にマットが敷いてある）。

わたしは、これから仕事だ。明日の午前中までに記事をひとつ仕上げなければならない。これはわたしの新しい仕事の記念すべき最初の記事だ。スワプナに退職の意思を伝えたとき、彼女の反応が怖くて心底びくびくしていた。ところがスワプナは黙って抱きしめてくれた（わたしはビヨンセに抱きしめられているような気分だった）。そして、その日の夜、わたしたちのアパートメントの玄関先に巨大なシャンパンのボトルが届けられた。

そのボトルにはメッセージも添えられていた。

〈ポピー、あなたの新しい門出を心から祝福するわ。これからも世界を飛びまわって、いい記事を書き続けてね。わたしの見込んだとおり、きっとあなたなら成功するわ。

愛をこめて、スワプナ〉

けれど、わたしはもう世界を飛びまわることはない。少なくとも仕事では。それ以外はこれまでと仕事内容はほとんど変わらない——ニューヨーク市内のレストランやバーへも取材に行くし、街のあちこちで新たにオープンするギャラリーやアイスクリームスタンドについての記事も書く。

だけど取材の過程で出会う人たちは、『R＋R』で働いていたときとは変わるだろう。もっと人間臭くて、記事の内容も型どおりではなく、ぐっとおもしろくなるはずだ。わたしはこの街を隅々まで歩いてまわり、そこで暮らす人々と一緒に彼らのお気に入りの場所で一日を過ごし、なぜその場所が彼らにとって特別なのか、その理由を直接感じ取りたいと思っている。そして、ニューヨークを愛する人たちの目を通して見た、この街の生の姿を発信したい。

わたしの第一弾記事は、ブルックリンに新しくオープンした古きよき趣のあるボウリング場について書いたものだ。アレックスもわたしと一緒にそのボウリング場を見に行った。わたしは隣のレーンでボウリングを楽しんでいる、マイボールとお揃いの金色のグローブをつけた、縮れ毛の白髪頭の女性を見た瞬間、彼女の話を聞いてみたいと直感的に思った。彼女の名前はドロレス。わたしたちはビールを大量に飲み、何時間も会話を続け、あげくに彼女からボウリングのレッスンまで受けた。そのときには、もうすでに記事に必要な情報は揃っていた。それでも、わたしたち三人は家に帰る途中でホットドッグ店に立ち寄り、真夜中近くまでそこでしゃべっていた。

その記事はほぼ書き終えた。あとは少し修正を加えるだけだ。でも、それは明日の朝にしよう。今日は長い一日だったので疲れた。早くアレックスの待つソファに寝転がりたい。

「やっぱり家は落ち着くな」アレックスはわたしを抱き寄せて言った。

わたしは彼の背中に手をまわしてキスをした。この瞬間を一日じゅう待っていた気がする。「家はわたしの一番好きな場所よ」

「ぼくもだよ」アレックスはそうつぶやき、体をずらして、わたしを背もたれのほうへ移動させた。

来年の夏、わたしたちはまた旅に出る。ノルウェーとスウェーデンでそれぞれ四日間過ごす予定だ。だけどアイスホテルには宿泊しない。アレックスは教師で、わたしはライター。おまけに、ふたりともミレニアル世代。だから高いホテルに泊まる余裕などない。

わたしたちが家を留守にしているあいだ、レイチェルが観葉植物の水やりをしてくれることになっている。四日間スウェーデンに滞在したあと、わたしたちはそのまままっすぐリンフィールドへ戻り、アレックスの残りの夏休みをそこで過ごす。

ベティの家にも行こうと思っている。アレックスが修理しているあいだ、わたしは床に座って、トゥイズラーを食べながらまた彼をからかう新たな作戦を練るつもりだ。アレックスと壁紙をはがして、壁に塗るペンキの色をふたりで選ぼう。彼のお父さんとふたりの弟家族と一緒に食事をするときは、ダイエットソーダを飲もう。わたしの両親とはポーチに座り、庭に放置されたままの今や化石と化したライト家のおんぼろ車を眺めよう。ニューヨークの生活と同じように、わたしたちは故郷でも折りあいのつけどころを探す努力をしてみよう。そうしたら、どこがわたしたちにとってしっくりくる場所なのかわかるだろう。

　でも、わたしはもうわかっている。

アレックスのいるところが、世界で一番お気に入りの場所だ。

「なんだい?」突然アレックスが話しかけてきた。彼の口元がほころびかけている。

「どうしてぼくをじっと見ているんだ?」

「あなたって……」わたしは頭を振り、彼に対する気持ちをひとまとめにできそうな言葉を探した。「すごく背が高いなって思っていたのよ」

アレックスの顔に笑みが広がる。わたしだけに見せてくれる彼の素の笑顔だ。「ぼくもきみを愛しているよ、ポピー・ライト」

　わたしたちのお互いへの愛情は、今日よりも明日のほうがちょっとだけ深くなっているだろう。そして、明日よりもあさって、あさってよりもしあさってと日を追うごとに、わたしたちの愛は少しずつ深みを増していく。

この先、わたしたちのどちらかが、あるいはふたりとも、つらい思いをするときもあるだろう。だけどお互いを知り尽くし、お互いの違いも受け入れ、心から愛しあうわたしたちは、手を取りあってその困難も乗り越えていけるはずだ。わたしは十二年前に出会い、一緒に何度もバケーションを過ごしてきたアレックスのいろいろな姿を見てきた。その結果、わたしは彼とこうしてここにいる。たとえ幸せになるだけが人生ではなかったとしても、わたしは今幸せだ。頭のてっぺんから爪先まで幸せを感じている。

謝辞

本作品が世に出るまでには多くの方々の協力がありました。お世話になったひとりひとりにこの場を借りて感謝の気持ちを述べさせてください。まずは誰よりも先に、わたしの大切な友人のパーカー・ピーヴィーハウスへ。あなたと電話で話していたときに、わたしはこの物語を思いつきました。あの電話がなければ、本作は生まれていなかったでしょう。あなたに大きなありがとうを贈ります。

すばらしい編集者であるアマンダ・バージェロンとサリーア・カダーへ。わたしにとって、あなたたちは言葉では言い表せないほど大きな存在でした。一緒に仕事をできたことを心からうれしく思います。〝普通〟の作品を作るのではなく、〝優れた〟作品を作りあげるために、多大な時間と労力を費やしていただき、本当にありがとうございます。あなたたちふたりはまさに編集者の鑑（かがみ）です。著作権を共有することへの不安も、ともに仕事をするうちに消えていき、わたしはあなたたちに全幅の信頼を寄せていました。いつも最善を尽くすようわたしの背中を押し続けてくれたことに、そして、すばらしいチームワークのおかげで満足のいく作品に仕上がったことに感謝しています。

ジェシカ・マンジカーロ、ダッシュ・ロジャース、そしてダニエル・キールへ。わたしの書く作品を信じ、その手腕と情熱をもってプロモーションを行ってくれたことに深い感謝の気持ちを贈りたいと思います。あなたたちは無敵です。

バークレイ社の皆様へ。わたしが執筆に専念しやすいようにあたたかく協力的な環境を整えてくださりありがとうございます。そして、わたしの担当をしてくれたクレア・ザイオン、シンディ・ウォン、リンジー・タロック、シーラ・ムーディ、アンドレア・モネーグル、ジェシカ・マクドネル、アンソニー・ラモンド、サンドラ・チウ、ジャンヌ＝マリー・ハドソン、クレイグ・バーク、クリスティン・ボール、イヴァン・ヘルドへ。わたしは毎日あなたたちと一緒に仕事ができたことをとても幸運に思います。

最高の代理人、テイラー・ハガティとルート・リテラリー・エージェンシーの卓越したエージェントチーム――ホリー・ルート、メラニー・フィゲロア、モリー・オニールへ。あなたたちの熱意、優しさ、献身に感謝します。そして何よりも、ロゼスパークリングワインがおいしかったです。

ラナ・ポポヴィッチ・ハーパー、リズ・ティング、そしてマリッサ・グロスマンへ。

本作の執筆を始めたときから、ずっとわたしの大きな支えになってくれてありがとう。

親愛なる友人たち――ブリタニー・キャヴァレロ、ジェフ・ゼントナー、ライリー・レッドゲイト、ベサニー・モロウ、ケリー・クレター、デイヴィッド・アーノルド、ジャスティン・レイノルズ、アドリアナ・マザー、キャンディス・モンゴメリー、エリック・スミス、テロール・ケイ・メヒア、アンナ・ブレスロー、ダリア・アドラー、ジェニファー・ニーヴン、キンバリー・ジョーンズ、そしてイザベル・イバニェスへ。あなたたちのおかげで、わたしの人生は（そして執筆作業も）より楽しいものになっています。いくら感謝してもしきれません。

ブック・コミュニティ・アンド・ライターズのメンバーへ。あなたたちはわたしにとって個人的な面でも支えてくれる力強い存在です。そしてまた、わたしが愛するこの仕事を今もまだ続けていられるのも、あなたたちの力添えのおかげです。シボーン・ジョーンズ、ブック・オブ・ザ・マンスチーム、そしてアシュレイ・スパイヴィ、ジビー・オーウェンズ、ロビン・カウル、ヴィルマ・アイリス、サラ・トゥルー、クリスティナ・ローレン、ジャスミン・ギロリー、サリー・ソーン、ジュリア・ウィーラン、エイミー・ライヒェルト、ヘザー・コックス、ジェシカ・モーガン、サラ・マクリーンへ。心から感謝の意を表します。あなたたちの優しさと励ましの言葉は、執筆という長い旅路に必要不可欠なものです。

最後に両親へ。わたしをかなり風変わりで、妙に自信家に育ててくれてありがとう。
そして、いつもキッチンへ向かう途中で、立ち止まってわたしの頭にキスをする夫へ。
あなたは最高です。あなたにかなう人はどこにもいません。

読者ガイド

本作の背景

『恋人たちの予感』を観るたびに、いつもわたしは初めて観るような気がする。ノーラ・エフロンが脚本を手掛けた、このラブコメ映画の名作の内容を覚えていないのではない――もちろん、すべての象徴的なシーンを覚えている。

初めて観るような気がするのは、ハリーが大嫌いだからだ。何度観ても、この感想は変わらない。そして、頭のなかでこう思っている。それを要約すればこんな感じだ。〝わっ、最悪！　なんて嫌な男なの！〟または、〝サリーには共感しかないわ〟ふたりが初めて出会うシーンでのハリーは性格がひねくれているうえに、自分の恋人の親友であるサリーを口説こうとする最低の男だ。ところが、ここからエフロンマジックが炸裂して、ハリーの見方が百八十度変わる。優しくて、愛情深い、彼の本当の姿が少しずつ現れてくるのだ。そして時間とともに、サリーはだんだんハリーが気になる存在になっていく。それはたぶん観客も。

やがて、物語が進むにつれ、いつしかサリーもわたしもこの人だけは絶対にあり得ないと思っていた人に恋をしている。

実は、次回作の構想を練っていたとき、わたしは大好きなラブコメ映画のひとつをオマージュした作品を執筆するつもりはなかった。だが、おそらくノーラ・エフロンはわたしの心のなかに不滅の足跡を残したのだろう。腹が立ち、いらいらして、癪にさわる人物が、突然違って見えてくることが強く印象に残ったに違いない。今までとは違って見えるようになっただけではなく、その人物の全体像を見始めるようになったことが。

こうして本書の登場人物の設定が決まった。そして、わたしはお互いを好きになることはおよそない、まして愛しあうなど論外なふたりの物語を書き始めた。ほとんど共通点はなく、ロマンスからは程遠いふたりの男女を。だからこそ、友情を育んでいった男女を。彼が、彼女がいなければ自分ではないと感じるほどの唯一無二の深い友情を。そんなアレックスとポピー、ポピーとアレックスの物語は幕を開けた。

本書は現在より気軽に週末に出かけたり、海外旅行に出かけたりすることができた、新型コロナウイルス感染症が世界的に大流行する以前に執筆したものだ。そして表面上は、休暇先での出来事が書かれている。だが、ハリー同様に——アレックス同様に

——うわべと本当の姿は違う。少なくとも、そのふたつがすべて合致するということはない。

これはまぎれもなく家について書いた物語だ。家を見つけ、そこに腰を落ち着ける。そして、両腕できつく抱きしめ、肺がいっぱいになるまで息を吸いこむ。そういう家を特別な友情を育んできたふたりで築きあげて、魔法のベン図を作成する。ふたつの円が重なってできた部分を〝わたしたち〟と呼ぶのがどこか不安な、あなたとわたしで。

今は飛行機に飛び乗ってどこかへ行ったり、グレイハウンドバスに乗りこんで気ままな旅に出たり、グルーポンを使って安くカントリーミュージックをテーマにしたモーテルに泊まったり、スリル満点の水上タクシーに乗ったりするのはなかなか難しい。そういうわけで、このパンデミックが落ち着くまで、少しでも本作品で旅行気分を味わってもらえたらうれしい。髪に受ける海風を、カラオケバーの床にこぼれたビールのにおいを感じてほしい。さらには、本作品があなたを特別な場所へいざない、そこに暮らすあなたの愛する人たちを感謝の気持ち持って思いだしてもらえたらうれしい。

なぜなら、人生において、人との出会いほどすばらしいものはないのだから。けれど、それよりも何よりも、本書を通してあなたの家だと思える人の存在の大切さを感じていただけたら幸いだ。

読後に考えたり議論したりするテーマ

1 アレックスとポピーが初めて会ったとき、お互いの第一印象はよくありませんでした。あなたは第一印象が悪かった人と友だちになったことはありますか？

2 休暇中に普段はしないことをするとしたら、何をしたいですか？　自分を知っている人は誰もいないというのは心地いいですか？

3 目標を達成したのに何か違うと感じたことはありますか？

4 あなたの休暇の最悪の思い出はなんですか？　最高の思い出は？

5 ポピーは燃え尽き症候群にかかってしまいました。あなたにも同じ経験はありますか？　どうやって乗り越えましたか？

6 アレックスとポピーが出かけた旅のなかで、どこに一番行ってみたいですか？

一番行きたくない場所は？

7　小さな町で育ったポピーは子どものころの自分から逃げようともがきます――少なくとも、彼女は自分から逃げられると信じてもがき続けます。人間関係において、あなたは誤解されていると感じたことはありますか？　そのときは、どうやって切り抜けましたか？

8　なぜポピーとアレックスはお互いに対する自分の気持ちを認めるまでにあれほど時間がかかったと思いますか？

9　レイチェルには満足感と目標達成について彼女なりの考えがあります。人生で、あなたはどちらを重んじますか？　このふたつは相容れないものだと思いますか？　それとも、両方手に入れられるものだと思いますか？

10　ポピーとアレックスはうまくいくと思いますか？

エミリー・ヘンリーの機内持ち込みバッグのなかに入っている本

リンダ・ホームズ著：『Evvie Drake Starts Over』
コリーン・オークリー著：『The Invisible Husband of Frick Island』
ファラ・ローション著：『The Boyfriend Project』
サラ・デサイー著：『The Marriage Game』
ジェーン・L・ローゼン著：『Eliza Starts a Rumor』
ジャスミン・ギロリー著：『Royal Holiday』
ケイト・ステイマン・ロンドン著：『One to Watch』
ケリー・クレッター著：『East Coast Girls』
レイヴン・レイラニ著：『Luster』
ローレン・ホウ著：『Last Tang Standing』
メリル・ウィルズナー著：『Something to Talk About』
キャンディス・カーティー・ウィリアムズ著：『Queenie』

訳者あとがき

著者エミリー・ヘンリーにとって初の邦訳書となる『あなたとわたしの夏の旅』（原題〝People We Meet on Vacation〟）をお届けいたします。アメリカで生まれ育ったミレニアル世代のリアルな本音と暮らしぶりを浮き彫りにした、ときにくすっと笑えて、ときにほろりとくる現代小説です。

シカゴ大学で知りあったポピーとアレックス。服装の趣味も音楽の趣味もまったく異なるふたりでしたが、車で一緒に帰省したのがきっかけで親しくなり、翌年から毎年夏のバカンス旅行に出かけることになります。といっても、ふたりともお金がないため貧乏旅行しかできません。しかも同じ部屋に泊まっても、あくまでも友だち同士。セックスはもちろん、キスもしません。その後、ポピーは大学を中退してトラベルライターとして働き、作家志望のアレックスは大学院へと進学します。お互いに恋人ができてもふたりの旅は続き、今から三年前、イタリアのトスカーナ州への旅にはそれぞれの恋人も参加しました。しかしその直後、ふたり揃って破局を迎え、翌年のクロアチア旅行へはふたたびふたりで出かけますが、あることがきっかけでポピーとアレックスは気まずくなり、その後連絡が途絶えてしまいます。

あれから二年、旅行雑誌のスタッフとしてニューヨークで働き、夢に見た生活を手に入れたポピーでしたが、仕事への意欲を失い、満たされない毎日を送っています。それはアレックスと旅をしなくなったからだと気づき、思いきって連絡を取り、久しぶりにふたりでロサンゼルスを旅することになるのですが……。

本書の見どころは、なんといってもヒロインであるポピーと、ヒーローであるアレックスの人物造形でしょう。それぞれが抱えている複雑な家庭事情やそれまでの教育環境などが見事に織り込まれ、ふたりともひと口では説明できない魅力的な人物として描かれています。繊細さと大胆さ、弱気と強気が見え隠れする、不器用なふたりのもどかしい関係。最後の最後まで目が離せません。もうひとつの見どころは、ふたりが旅する世界各国の都市の描写です。それぞれの街の様子が五感に訴えかけるかのように、いきいきと鮮やかに描かれていて、読んでいるだけで旅行気分が楽しめます。

著者エミリー・ヘンリーはニューヨーク・タイムズのベストセラー作家です。二〇一六年ＹＡ小説の『The Love That Split The World』でデビューを果たし、近年では『本と私と恋人と（Book Lovers）』（二〇二二年刊／作家のエージェントを務める女性のロマンス　邦訳は林啓恵訳、二見書房）、『Beach Read』（二〇二〇年刊／作家同士のロマンス）など、本をモチーフにした作品を発表し続けています。今後さらなる活躍が期待される作家です。

最後に、本書が世に出るまでには多くの方々のお力を頂戴しました。この場を借りて、熱く御礼申しあげます。

●訳者紹介　西山 詩音（にしやま　しお）
60年代モッズ文化、山登り、サウナ、ワイン、映画をこよなく愛する翻訳家。

あなたとわたしの夏の旅（下）

発行日　2024年3月10日　初版第1刷発行

著　者　エミリー・ヘンリー
訳　者　西山 詩音

発行者　小池英彦
発行所　株式会社 扶桑社

〒105-8070
東京都港区芝浦1-1-1　浜松町ビルディング
電話　03-6368-8870(編集)
　　　03-6368-8891(郵便室)
www.fusosha.co.jp

印刷・製本　中央精版印刷株式会社

定価はカバーに表示してあります。

Printed in Japan
ISBN978-4-594-09468-3 C0197